モンスターフレンド

CROSS NOVELS

丸木文華
NOVEL: Bunge Maruki

乃一ミクロ
ILLUST: Micro Noici

CROSS NOVELS

CONTENTS

CROSS NOVELS

CONTENTS

モンスター
フレンド

切れた糸

日曜日の夜、俺は好物の唐揚げを頬張《ほおば》りながら、テレビを眺めていた。平らな画面には、巣から転げ落ち、自力で戻れないまま動かなくなってしまったフィヨルドランドペンギンの雛《ひな》が映っている。巣の中には親のペンギンがいるのに、他の兄弟を腹の下で温めたまま、助けに行こうともしないのだ。

「子どもを助けるのが、親の本能じゃねえのかよ」

思わずそう呟《つぶや》くと、それに答えるように、番組のナレーションはフィヨルドランドペンギンの子どもは大抵一匹しか生き残らないことを告げた。テーブルの向かい側で食べていた母さんは、それを聞いてなるほどねえと頷《うなず》く。

「やっぱり自然って厳しいのねえ。兄弟の間で生存をかけて闘うのね。そうやって、強い方が生き残って、種を繋《つな》いでいくんじゃないの」

「だったら最初から一匹しか産まなきゃいいのにな」

「万が一のための保険なのよ。どっちもいなくなっちゃったら困るから」

子どもが保険かよ、と俺は鼻白《はなじろ》み、「ひっでえの」と呟いた。最近、親が子どもを虐待するだの放置するだので、子どもを愛するのは動物の本能なのに～なんて大人たちは言うけれど、強い方しか育てないなんて、動物だって十分残酷だ。弱肉強食の世界の、強い方が生き残るっていう単純明快なシステムは、愛だなんだって言うよりも、むしろ機械みたいに規則正しいもののように俺には思えた。遺伝子という名のプログラミングだ。

「湊《みなと》はよかったなあ、一人っ子で。もしお前にお兄さんか弟がいて、このペンギンに生まれてたら、ぼーっとしてて絶対生き残れないな」

「はいはい、言うと思った」

隣に座った父さんの台詞《せりふ》は、こういう場面でほぼ百パーセントの確率で聞かされるものだ。湊は一人っ子だから、おっとりしてるから、ぼけっとしてるから。

それらのマイナスな言葉を、息子の俺から見ても愛情たっぷりに、なぜか嬉しそうに言う両親が、俺は不思議で仕方がない。それは、近所のおばさんが溺愛《できあい》しているチワワを散歩している最中、おしっこをしてもカワイイデチュネ、うんちをしてもカワイイデチュネ、と言っている姿を彷彿《ほうふつ》とさせる。

ぼけっとしてたら、だめじゃん。生き残れないじゃん。俺、野生だったらとっくに死んでるじゃん。

俺は我ながらすべてが平凡にできていて、容姿も勉強も運動も全部十人並みだ。高校はなんとか頑張って地元でも中堅以上のところには食い込めたけれど、相当努力してちょっとイイ感じ、が通常運転なのだ。抜きん出たものがあるわけでもなく、ちょっと変わったところがあるのでもなく、女の子の好みだって普通で、国民的アイドルなんていわれてるＩＫＢも、もちろん諸手《もろて》を挙げて好きだと言える。コンサート資金のためにファミレスでちょっとバイトをしてコツコツ貯金をしているくらいだ。推《お》しメンはもちろん、一番人気の可愛い子である。

そして将来の夢は無難な公務員。昇進を目指してしのぎを削るのも嫌だし、リストラに怯《おび》えて胃潰瘍《いかいよう》になるのも嫌だ。残業で過労死したくないし、人間関係で波風立つのも面倒だし、ほどほどに平穏で順調な生活が送れればそれでいい。

悲しいくらい、どこにでもいそうな男子高生。熱い夢も希望もない、特筆すべきものは何もない、ぼけっとした一人っ子で若干人見知り——それが杉浦《すぎうら》湊という男なのだ。

「もし湊がお隣の悠馬《ゆうま》君くらいできた子だったら、私は却《かえ》って色々不安になっちゃうから、あんたはこのくらいでいいのよ」

「高梨《たかなし》さんちは、そもそもうちとは親からして違うだろう。旦那さんは弁護士で、奥さんはお医者さんだものなあ。そりゃあ、ただの会社勤めの両親から生まれる子どもとは、生まれ持ったものが違う」

「もー、悠馬と比べんなってば。俺が虚《むな》しくなるだろ」

親は俺に兄弟がいないものだから、わざわざお隣の高梨さんちの息子を引っ張ってきて比較する。そういうときでも、俺がひねくれずにいられるのは、蔑《さげす》む言葉にも有り余る愛情を感じられるからだ。

そう、人間の一人っ子は、きっと兄弟がいるよりも恵まれている。一人だから、巣から蹴落《けお》とされることもなければ、エサの奪い合いに負けることもない。人間だから、そんなに出来がよくなくても生きる道があるし、愛される。

だから俺は、自分がどんなにつまらない人間でも、特に不満はない。上に行ってやろうという強い上昇志向もなく、従って誰かに対する嫉妬だとか羨望《せんぼう》だとかもさほどない。

それは俺が両親に十分な愛情を注がれているのが大きいと思うけれど、もうひとつ理由があるとすれば、それは件《くだん》のお隣さんである。

杉浦家の隣の高梨家の長男、悠馬は、俺と同い年で何もかもが超優秀なスーパー完璧マンだ。悠馬なら、フィヨルドランドペンギンに生まれたとしても、絶対に生き残れる。

文武両道、眉目秀麗《びもくしゅうれい》という少女漫画にでも出てきそうなあり得ない完璧さで、そんなのが生まれたときからずっと横っちょにいるのだから、俺が分相応という言葉の上にあぐらをかいてぼけっとしていても、仕方がないと思う。

悠馬も俺と同じ一人っ子だが、本当は、皐月《さつき》ちゃんというひとつ上の姉がいた。俺もよく遊んでもらっていたのでもちろん覚えている。

皐月ちゃんは、十歳の夏休みに、川で溺《おぼ》れて亡くなってしまった。だから、今では悠馬が高梨家でただ一人の子どもなのである。

「こないだうちの前で悠馬君に会って、私びっくりしちゃった。あの子、また随分大きくなったのねえ」

「悠馬はこの春の身体測定で百八十超えてたよ。今はもうちょっとあるんじゃない」

「なんでお前は百七十行く前に止まっちまったんだ」

「父さんも母さんもちっこいせいですー」

そりゃ確かにそうだ、と食卓に和やかな笑いが溢《あふ》れる。

本当に、うちは平和だ。両親の夫婦仲も良く、俺も別に非行に走ってるわけでもなく、深刻な天変地異も起きていない。

俺はきっとこのままそこそこの大学に行って、公務員になって、俺と同じようなスペックの女の子と結婚して、俺みたいな平凡な子どもを作って、うちみたいな家族になるんだろうなあ、などと楽観的な人生設計図を描いていた。

隣の悠馬はすごい大学に行ってすごい会社に入って、会社とか立ち上げちゃって社長になって、完璧な女の子と結婚して、また完璧な子どもを作るのだろう。

そのときふと、川で死んでしまった皐月ちゃんのことが頭に浮かんで、俺は暗い気持ちになる。完璧な高梨家で、ひとつだけ完璧でなくなってしまった出来事。あんな不幸なことがなければ、一点の曇りもない幸福な家庭といえたことだろう——表向きは。

そう、本当は、俺は高梨家がそもそも完璧じゃないことを知っている。正確には、悠馬がそうではないことを。

だけどそれは、俺が平凡過ぎて完璧な奴の思考回路を理解できないだけかもしれない。あいつは、ちょっとヘンなのだ。いや、ちょっとどころじゃないかもしれない。でも、自分のそのヘンなところがわかっていて、皆の前では綺麗に隠している。

「あんたは悠馬君がいなきゃなんにもできないんだから、頑張って同じ高校に入れてよかったわよね」

母さんはいつもそんな風に言う。だけど、実際は違う。俺は相当頑張って入ったけど、悠馬はわざわざランクを落として俺と同じ高校にしてくれたのだ。何もそんなことまでしなくても、と思うけれど、悠馬は俺と一緒にいたいのだと言った。

そういうところもヘンだと思うし、周りが『湊は悠馬がいなきゃ何もできない』と思っているのもヘンだった。

本当は全然そんなことはない。俺はなんだって自分一人でできるし、悠馬がいなきゃ何もできないなんて一体誰が話し始めたのだろうとすら思う。

まあ、原因はわかっている。悠馬本人だ。悠馬が、「湊は俺がいなきゃ何もできない」と周囲に思わせているんだ。

なんでかって？　そんなこと、俺は知らない。だってあいつは完璧過ぎて、何を考えてるのかわからないから。

正直うんざりすることも多いけれど、悠馬はすごく俺のことを気に入っているみたいで、昔から俺の側を離れようとしなかった。俺がいなければ何もできないのは悠馬の方なんじゃないか、ってくらい。だって、高校まで俺に合わせてしまうんだから、どんだけ俺が好きなんだよ、とさすがに戸惑うほどだ。

テレビでは、立派に育った雛たちが、巣から自力で歩き出し、過酷な道を通って、ようやく海へと辿《たど》り着いていた。

俺は真夏にクーラーの効《き》いた部屋で好物の唐揚げを食べ、人間でよかったなあなどと家族と笑い合っている。

生まれたときから生存競争を闘い抜き、ようやく海に出られる彼らと違って、この生活は本当に平和過ぎて、ちょっとぐらい波風立たないかなあ、などと考えてしまったりもする今日この頃だ。

けれどそんなことを思えるのも、平穏で幸福だからこそなのだ、ということを、俺はまだ知らずにいた。刺激を求めるくらいの平和な日常に生きている幸せを、わからずにいたのだ。

＊＊＊

「湊、おはよう」
「おー、はよー、悠馬」

幼なじみの悠馬は、毎朝欠かさず俺を迎えに来る。

母さんが趣味で丹念に育てている色とりどりの花のプランターが載っかった塀からひょっこりと見える悠馬の頭。水泳部で真っ黒に日焼けした顔の中で、彫刻刀ですっと切れ長に引いたような涼しげな目と、白い歯だけが健康的に光っている。

小学生の頃俺を迎えに来るときは、塀の上に顔なんか見えなかったのにな、なんてしみじみと思ったりする。悠馬との付き合いは俺の人生のほぼすべてを占めているのだから当然だけれど、本当によくもここまで成長したものだ。俺たちは、いわゆる幼なじみ、というやつなんだろう。

俺はまじまじとその幼なじみの顔を見た。皆こぞってカッコイイと言うが、あまりに見慣れ過ぎていてよくわからない。

確かに目鼻立ちはナントカというすっきりと整った顔の若手俳優に似ていると言われればそうかなと思うけれど、その俳優の顔はカッコイイと思っても、悠馬のことは最早悠馬以上でも以下でもないので、正常な判断ができないのだ。

ただ、悠馬の成長期は中学生の頃にいきなり来て、一年で二十センチ近くは伸び、それ以降もすくすくと成長を続けているので、いつも一緒にいても植物のようにニョキニョキ伸びているのはよくわかる。あの頃、毎日関節が痛いと言っていて可哀想だった。そのときの悠馬は急激に伸びた身長に追いつかず、ひょろりとして痩《や》せっぽちな印象だった。今では逆三角形のいかにもスイマーな逞《たくま》しい体格になっている。

「なんだよ、そんな人の顔じろじろ見て」

「いやあ。悠馬は大きくなったなあと思って」

「お前は俺の親か」

「だってさあ。昔はあの塀の上から顔なんか見えなかったじゃん。だんだん背伸びしてやっと見えるくらいになってさ。今じゃ普通にしてても飛び出してるもんなあ、ってしみじみ」

「湊は小さいままだな」

「うるせえ、俺のビッグウェーブはこれからなんだよ！」

今日は天気のいい日だ。悠馬と他愛ない会話を交わしながら湧き立つ白い雲と晴れ渡る真っ青な空を眺めて、俺は気分がよくなった。

晴れの日は大好きだ。今年の梅雨《つゆ》は比較的短かった。七月の頭には長く続いた雨がやみ、本格的な夏がやって来た。容赦のない熱気に、これならまだじめじめした梅雨の方がよかったなんて言う奴もいるけれど、俺はどんなに暑かろうが、晴れた日が好きなのだ。

「よくもこんな暑い日に、そんな元気でいられるよな」

悠馬は機嫌のいい俺を眺めて、呆《あき》れたような口をきく。

「俺より暑さに弱そうなくせにさ。そんな生っ白い肌して、お前意外と体も強いんだよな。インフルエンザにもかかったことねえし。あー、ナントカは風邪ひかないから……」

「うるせえなあ。お前こそ、とんだ見かけ倒しだよ」

「なんとでも言え。俺は暑いのが嫌い。太陽なんか、殺してやりたいくらいだよ」

「じゃあ、この手も離せよ。暑いじゃん」

悠馬は外を歩くとき、いつも俺の手を引く。歩幅をわざわざ俺に合わせて、ぴったりと横を歩くのだ。

それは昔からの習慣だった。以前はこっそりやっていたものを、あるときから大っぴらにするようになった。

「まあ、お友達の手なんか繋いじゃって。どうしたの」

そう見かけた近所の人が訊《たず》ねると、悠馬は少し悲しげな顔をして、

「だって、こうしておかないと、川に落ちちゃうかもしれないでしょ」

と言う。そうすると、ここいらで皐月ちゃんの不幸な事故を知らない人はいないから、誰もが目に涙を溜《た》めて、あらそう、お友達思いなのね、と言って、微笑《ほほえ》ましい目で眺めるのである。

川に浮いている皐月ちゃんを発見したのは、悠馬だった。姉弟で一緒に川遊びをしていて、九つだった悠馬が少し遠くをふらふらと歩き回っている間、皐月ちゃんは濡《ぬ》れた岩に滑って転び、川底の石に頭をぶつけ、そのまま溺れてしまったのだ。

そんな具合で、姉の死に罪悪感を抱いた弟の悠馬が、大切なお友達までも溺れさせまいと、手を繋ぐようになったのだと周りの人たちは思っている。けれど、本当はずっと以前から悠馬は俺の手を繋いでいたのだ。

俺があっちこっちに興味を示してしょっちゅう寄り道し、視界から消えるのを嫌って、外を歩くときはこうしてガッチリと手を摑《つか》むようになった。でも、さすがに年齢が上がってくると人前ではおかしく見られると察して、二人きりのときだけに手を繫いでいた。

それを、姉の不幸をきっかけにしてこうして堂々と見せつけるようになった。さすがにこんなに大きくなってからではおかしいと普通は思うはずだが、

「悠馬君はまだお姉さんのことが忘れられないのね。優しい子ね」

と皆が目尻を下げてしまうのだから、悠馬がどれだけ外面がいいのかわかるというものである。

皐月ちゃんを理由にする悠馬を横で眺めながら、絶対嘘だ、本当に不謹慎な奴だ、と思いつつも、俺なんかが何を言ったところで、皆悠馬の方を信じるに違いないのだから、黙っていた。

「暑くたっていいよ。湊、もしかして手繫いでるの恥ずかしいの」

悠馬はにやついた顔で俺を見る。

「俺は別に恥ずかしくないよ。お前のやることなんか、もう慣れちゃったもん」

もう長いこと手を繫がれていたので、俺は悠馬の手の感触の変化をつぶさに覚えてしまっている。子どもの頃は、別に粘ついた菓子を手にしたわけでもないのに、お互い妙にベタベタとしていて、このまま繫いでいたら手が餅《もち》のようにくっついて離れなくなってしまうのではないかと思うほどだった。悠馬と繫いだ後の手の平を嗅《か》ぐと、どういうわけかつくねのようなにおいがして、ヘンなにおい、と笑い合った。

悠馬の手はどんどん大きくなり、次第に俺の手からはみ出すようになった。べったりと貼り付くような質感だった手の平は次第に乾き、汗でぬめる夏場以外はかさかさと乾燥して、柔らかかった餅から乾いた餅に変化した。

悠馬の手は男の手なのに、妙に綺麗だ。手の平が大きくて、指が長い。指の節はほとんど目立たず、五本の指がすうっと美しく伸びている。

女子は悠馬の顔がカッコイイだのイケメンだのと言うが、俺が悠馬の体の中でいちばん綺麗だと思うのは、その手だった。体の他の部分と同じく真っ黒に日に焼けているくせに、妙に可憐《かれん》に思えたものである。

「ねえ、キモイよ、マジ。男同士で手繋ぐなんてさ」

悠馬はどこへ行こうと俺の手を離そうとしないので、当然、最初は彼女やクラスメイトから奇異な目を向けられる。

けれど悠馬は爽《さわ》やかに笑って、

「だって、湊が危なっかしいんだもん」

などとしゃあしゃあと言ってのける。

「俺のせいかよ！」

と俺は突っ込みを入れるのだけれど、悠馬は華麗に無視をして、

「湊はぼけっとしてるから、車にひかれたり、自転車にぶつかられたりしないように、外を歩く

ときは俺が引っ張ってやんなくっちゃな」

なんてうそぶくのだ。

そうすると、彼女もそれ以上強くは言えない。悠馬に嫌われたくないからだ。

苦笑しながら、「もー、杉浦も幼児じゃあるまいし、やめたげなよー」と無難に会話を続けるしかない。

悠馬は彼女が隣にいるというのに、「俺の湊はいつまでもぼんやりしてるからなあ」なんてキモチワルイ発言をする。俺が「俺はお前のじゃねえ！」と反発したり、彼女が「ちょっとー、悠馬、そういうの言う相手間違ってない？」と混ぜっ返したりしても、悠馬は俺に過剰に好意を示すのをやめようとしない。

文句を直接言ってくるのは、大抵そのとき悠馬が付き合っている彼女だ。自分がいるべきポジションに、なぜかぼけっとした顔の同級生が居座っているのだから、そりゃ気分はよくないだろう。

悠馬の恋人たちは、皆目立ちたがり屋の女の子たちだった。顔が誰よりも可愛い子、スタイルが抜群にいい子、頭の回転が速くていつでも輪の中心にいる子。

皆揃《そろ》ってプライドが高く、悠馬の彼女であることを誇りに思っていた。だから、俺の存在にも苛立《いらだ》つのは当然だ。俺も悠馬に負けず劣らずのイケメンでスーパー完璧マンだったら許されたのかもしれないが、毒にも薬にもならないような平凡を絵に描いたような男なのだ。

けれど、悠馬が適当な言い訳をすると、苦笑しつつ、仕方ないなあと皆諦《あきら》めてしまう。

悠馬は、昔からそういう才能のある奴だった。人を丸め込むのが上手いというか、納得させるのが上手いというか。心にもないことを難なく口にできるし、嘘だってなんの良心の呵責《かしゃく》もなくつけるのだ。

俺なんかはずっと悠馬と一緒にいてそんな風に冷静に観察してしまうけれど、周りの人間はそうじゃない。悠馬のことを心の中まで完璧な優しい奴だと思っている。

「あー、うるせえな。マジうぜえ」

彼女が離れた途端に、悠馬は腹黒さを丸出しにする。

「どうして女って彼女にしただけで俺の全部を把握したがるのかね。支配っていうの？」

「そりゃ自分の彼氏が男の手握りしめてたら嫌だろ」

「そんなの、湊だけじゃん」

「相手が誰かじゃなくてさ。手を握るなら自分の手を握って欲しいんだよ」

「やだよ。あいつの手、爪伸びてていてえんだもん」

悠馬は女の子だけじゃなく、他人の情緒だとか感情だとかにほとんど共感できない。ぼけっとした俺でさえわかるような、簡単な女心すらわからない。

ただ、その法則を知っているし、扱い方を知っているので、わかっている振りができる。

悠馬は決定的に何かが欠けているのに、完璧にそれを覆い隠す術《すべ》を知っているものだから、こいつがちょっとヘンっていうのは、俺しか知らないんじゃないかと思う。家族だって、おじさんやおばさんは忙しくてあんまり家にはいないし、家政婦の人だって家事を済ませればすぐに帰ってしまう。悠馬はいつも一人ぼっちだから、隣の俺が空っぽの広い家に入り浸って、二人で色んなことをして遊んでいた。だから、俺しか気づかなかったんだ。

いや、違うか、と俺は自分で自分の間違いに気づく。

正確には、皐月ちゃんもいたのだ。俺と、悠馬と、皐月ちゃんの三人で遊んでいた。皐月ちゃんがあんなことになってしまうその日までは。

普通皐月ちゃんくらいの年頃になれば、もっと幼かった頃のように男女構わず遊ぶんじゃなくて、女の子同士で遊ぶのが当然になるはずなのに、皐月ちゃんはよく俺たちの相手をしてくれていた。

だから、皐月ちゃんも悠馬がヘンっていうのを、知っていたはずなのだ。もっとも、皐月ちゃんも俺からすると、ちょっとヘンだったのだけど。

電車を乗り継いで俺たちの通っている奏真《そうま》高校の駅に辿り着くと、悠馬に次々に友人たちから声がかかる。

「おはよー、悠馬」

「おう、おはよ」

「なあ、教室着いたら今日の数Ⅱの宿題見せてくんねえ？　最後わかんなかったんだけど、多分俺今日当たるから」

「了解。皆で答え合わせでもするか」

「高梨先輩、おはようございます！　今日は部活来ますか？」

「おはよう。ああ、出るよ。今日は暑いし、気持ちよさそうだな」

悠馬は人好きのする爽やかな笑顔を浮かべ次々に卒なく対応する。

俺もたまたま会ったクラスメイトに挨拶《あいさつ》しながら、皆に好青年ぶりを見せつけつつも、俺の手をがっちりと握るこの不思議な光景を改めて妙に思う。もはや誰もが慣れてしまっているということに、ふと俺は一人だけ我に返るのだ。

悠馬は学校が変わったり、活動の場所が移ったりすると、まずとにかく皆に優しく、親切に、素晴らしく気のきいた言動をとる。悠馬曰《いわ》くそれは『地ならし』だそうで、信頼を築き皆の中での地位を高めることで、後々都合がよくなるのだそうだ。

悠馬が色々な機転をきかせてもただの便利屋にならないのは、もちろんその恵まれた外見となんでも卒なくこなすスーパーマンぶりからだろう。皆の中に『高梨君はこんなにすごい奴なのに、しかも親切』と植え付けるのである。

本当に、器用にもほどがある。俺は人見知りだから初対面の相手に対しては愛想笑いもできないし、誰彼構わず親切にするなんて無理だ。相手が気に入っているからでもなく、ただ単に土壌造りのために優しく振る舞うなんて、きっと悠馬くらいにしかできないに違いない。

ふいに、正門をくぐってグラウンドの脇を通り過ぎたとき、悠馬が珍しく俺の手を離した。

と思ったら、頭上でボスッと重い音がして、悠馬の大きな両手にはラグビーボールが収まっている。俺の頭を抱え込むようにして、目の前を悠馬の逞しい腕が横切っていた。

「湊、大丈夫か」

状況が呑《の》み込めず、悠馬の腕の中でとりあえず頷いてみせると、塗り壁みたいな体格のラグビー部員が「悪い悪い」と慌てた様子で走ってくる。

「おい、気をつけろよ。下手したら頭直撃だ」

「ごめん！　ネットの隙間《すきま》越えて行くと思わなかった」

どうやら、朝練をしていたラグビー部員の不注意で、丁度俺の頭の方にラグビーボールが飛んできていたらしい。俺はまったく、露《つゆ》ほどもそれに気づかなかった。というかラグビーという競技がボールを蹴ることもあるんだってことも知らなかった。ボールを抱えてひたすら爆走する競技としか思ってなかった。

ちなみに、奏真高校のラグビー部はインターハイで準優勝まで行ったことがあるほど強いらしい。まあ、もやしの俺には関係のない話だ。

それにしても、悠馬だって違う方角を向いていたはずなのに、どうやってボールが飛んでくるのがわかったんだろう。もしかするとこいつは頭の側面にも目がついているんじゃなかろうか。

「っていうか高梨ー、お前、なんだよその運動神経。お前なんでラグビー部じゃないんだよ」

「仕方ないじゃん、泳ぐの好きなんだから」

「あんな弱小やめてさ、ラグビー部来いって。お前のガタイとパワーが欲しいんだよ」

「やだよ。暑いの苦手なんだ」

グラウンドで汗かいて走り回るなんて無理、と笑う悠馬。確かに、悠馬は小さい頃から泳ぐのが好きだった。俺なんて普通に泳いでいるつもりでいたら溺れていると勘違いされて、大人が助けに飛び込んでくるくらいだったというのに、悠馬はまるで魚みたいにスイスイと泳ぐんだ。

それに、俺はいつしか水が苦手になってしまって、水泳の授業も嫌々ながらこなしていた。時には仮病を使って休んだりもした。水が嫌いになった原因はなんだったのか、もう忘れてしまったけれど。

「あー。朝から嫌な汗かいた。ただでさえ暑いのによ」

悠馬はすぐに再び俺の手を握りしめて歩き出す。確かに、悠馬の指先はさっきよりも少しだけ冷えている。

「さっきのラグビー部の奴、友達なの」

「一年のときのクラスメイト。うぜえんだ、あいつ。しょっちゅう部活に勧誘してくる」

悠馬はいかにも不快そうに、顔を歪《ゆが》めた。

「さっきも俺の湊にボールぶつけようとしやがってさ」

「わざとじゃないだろ。あと、お前のじゃねえし」

「そろそろ暗殺しようかな」

久しぶりに聞いたその言葉に、俺は苦い顔をする。

「やめろって。お前、そういうのもう卒業しろよ」

「まー、今はクラス違うからいいんだけど。決めた。あと三回うぜえことされたら、暗殺だ」

暗殺。それは悠馬の隠語だ。俺と、そして皐月ちゃんだけが知っていた。

悠馬が暗殺と言うとき、近々悠馬の身近な誰かがいなくなる。それは本当に殺したわけじゃなく、俺たちのコミュニティの中から追い出してしまうのだ。

悠馬は、ヘンな奴だった。ヘンな考え方しかできなくて、でもそれを周りには完璧に隠していた。優しくて、思いやりがあって、誰からも好かれる完璧マン。誰も悠馬の本性を知らなかった。

そんな悠馬が誰かを気に入らないと思ったとき、悠馬はその出来のいい頭を無駄にフル活用して、戦略的に相手を殺すのだ。悠馬はそいつの悪口なんか言わない。悪いようには言わないのに、皆がそいつを悪く思う方向へと導いていく。

それは傍《はた》から見ていても、ぞっとするほど鮮やかな手腕だった。

いつの間にか、ターゲットにされた気の毒な相手は仲間外れにされ、輪の中から弾き飛ばされ、そして蟬《せみ》の抜け殻のように薄っぺらく透き通って、誰からも認識されなくなってしまう。まさに、『暗殺』なのだった。

俺は、そんなことをしてしまう悠馬を怖いと思いつつ、その企《たくら》みを唯一自分のみが知っていて、それだけに自分だけが絶対に安全な場所にいることを確認できるので、心のどこかで面白がっていたような気がする。

我ながらあまり物事を深く考えず、心の中ではどんなにヤバイことでも茶化《ちゃか》して自分を落ち着かせてしまうような性格なので、完全に舞台を眺めている観客のつもりになってしまっているんだろう。

悠馬が俺のことを大好きなのは嫌というほど知っているから、自分に実害のないことをわかっていて、俺は悠馬を止めなかった。やめろと言っても、悠馬がやめないのは知っていたし、悠馬がこうと決めたらそれは完璧に遂行されるまで終わらないということも知っていた。

悠馬は俺が大好きだけど、俺の言うことなんか一度も聞いたためしはなかったんだ。

「そういえば悠馬、マジで大会とか出ないの」

「出ない出ない。俺、競技やるために水泳部入ってんじゃねえもん。それに、うちの顧問もやる気なしオヤジだし。あいつろくに泳げもしねえんだぜ。教師も大変だよなあ」

「でも、もったいないな。インターハイ出られるくらいの記録なんだろ」

「なんにも考えないで泳ぎたいんだよ。俺のストレス発散。大会なんて、逆にストレス溜まるじゃん。スポ根とか無理無理無理」

帰宅部の俺にとっては、所属している部活で大会に出ないなんてなんだかもったいないと思うけれど、悠馬の言うこともわかる。

悠馬は本来、インドアの人間だった。昔から本が好きで、俺がまったく興味を持てないミステリーだとかＦＢＩだとか、心理学っぽい難しい本も好んで読んでいる。蒐集癖《しゅうしゅうへき》があって、シリーズのものは全巻揃えないと気が済まない。だから悠馬の部屋には四方の本棚に所狭しと本が並んでいる。

俺はほとんどそういう本は読まない。頭の悪い漫画ばっかり読んでゲラゲラ笑っているのが関の山だ。それなのに、悠馬は時々難しいことを訊《き》いてくる。

「世の中の未解決事件って、全体の五パーセントくらいなんだ。四百近い犯罪者が野放しになってる。でも、事件として認識すらされないようなものだってある。そうしたら、完全犯罪って一体どのくらいの割合になると思う？」

知らねえよ、としか返せないし、実際そう返してばかりいる。けれど、悠馬ははなから俺のまともな答えなんか期待しちゃいないのだ。それから延々と、犯罪やらトリックやらのミステリー講釈が始まる。俺は大抵開始五分ほどでうたた寝を始めて、ＩＫＢとデートしている夢を見る。

悠馬はゲームも好きで、やり始めたらとことんやり込む。クリアすればすぐに手放してしまうので、愛着があるというわけではなさそうだが、とにかく集中力がすごいのだ。

「湊。今日も俺んち来るだろ」

「あ、うん。七時半くらいでいいよな」

「了解。なあ、おばさんの作ったバノフィパイまだ余ってる？」

「うん、ある。ちょっとだけど。持っていくか？」

悠馬は嬉しそうな顔で頷いた。俺は悠馬の手の次に悠馬の笑顔が好きだ。完璧マンで何考えてるかわからない奴なのに、愛想笑いじゃなくて本当に笑うときの顔は昔からずっと変わらずに子どもっぽい。

俺の母さんが趣味で作る菓子が大好きで、よくねだってくるのも可愛いと思う。俺は食べ物にあんまり執着はないけれど、悠馬は甘いものが好きなんだ。頭をよく使っているからだろうか。

「あーあ、あっちいなあ。早く部活の時間になんねえかな」

悠馬はブツクサ言いながら、額に滲《にじ》む汗を空いた手の甲でぐいと拭《ぬぐ》って、三階までの階段をひたすらダラダラと上る。俺たち二学年の教室は二階と三階で、俺も悠馬も不幸なことに面倒な教室の方になってしまった。悠馬は暑い暑いと言いながら、俺の手は片時も離そうとしない。

俺は踊り場の窓から差し込む太陽の白い光を、目を細めて見上げた。

皐月ちゃんが死んだとき、俺は母さんの実家に帰って、従兄たちとスイカを食べていた。

あの日も、確かこんな風に暑い日だった。そう思うと、首筋を伝う汗が妙に冷たいように感じられた。

＊＊＊

「えっ……、それ、マジで言ってるの？」

俺は思わずそう返していた。

誰もいなくなった放課後の教室。目の前にいるクラスメイトの山崎美花《やまざきみか》は、日に焼けた頬をそれとわかるほど真っ赤に染めて、俺を親の仇《かたき》のように睨《にら》みつけた。

「誰がこんなこと、冗談で言うかよ。ふざけんな」

「そ、そうだよな。ごめん」

「謝るなよ、馬鹿」

今さっき、山崎は俺に「好きだから、付き合って欲しい」と告げたのだ。

そう、いわゆる告白というやつだった。愛の告白だ。平凡な俺の身の上には絶対に起こらないだろうと確信していた、恋愛ドラマや漫画で嫌というほど見てきた、あの告白だ。

「い、いやー、でも、なんか全然信じらんねえ」

「どういうこと」

「すっげえ嬉しい」

思わず抑え切れずにデレッと頬を緩めると、山崎はますます顔を真っ赤にしてそっぽを向いた。

あ、可愛い、とそのとき山崎に対して初めて思った。

山崎美花はボート部に所属していて、水泳部の悠馬に負けないくらい真っ黒に日に焼けている。髪はベリーショートに近いくらい短くて、言葉遣いも仕草もすべてがさばさばしていて男らしい。

体型は身長が低く円みのある感じで、特に太腿《ふともも》はスピードスケートの選手みたいに太かった。

うちの高校の女子ボート部はかなり強いらしく、山崎も部活に打ち込んでいたから、まさしくスポーツ少女という印象だ。

俺は正直彼女のことを本当にただのクラスメイトとしか思っておらず、それどころか女の子とすら認識もしていなかった。だから、そんな山崎から好きだから付き合って欲しいと告白されるなど、まさに青天《せいてん》の霹靂《へきれき》、鳩《はと》が豆鉄砲を食らったようなものだったのだ。

「え、ほんとに俺でいいの」

「あんたがいいの」

「俺のどこがいいとか、訊いてもいい？」

驚きが去った後、俺は徐々に大胆になっていた。恥知らずにも、こんな俺に告白してくれた女の子に根掘り葉掘り、デリケートなことを聞こうとしていた。

何しろ俺も必死なのだ。この先もう二度とないかもしれないこの幸福過ぎるイベントを、あっさりとやり過ごしたくはなかったのだ。

もしかすると冗談という可能性も残っていないわけではなく、俺は味わうようにこの希有《けう》な出来事を矯《た》めつ眇《すが》めつ色々な角度から分析してみたかったのだ——というほど、実際に余裕があったわけでもなく、俺自身も恐らく顔を真っ赤にしているのだろうけれど。

山崎は少し黙り込み、恥ずかしそうに俺を見上げる。

「だって、話しやすいじゃん」

「それだけ⁉」

思わず落胆の声を上げる。

「山崎、誰とだってたくさん喋《しゃべ》ってるのに！」

「いや、だからさ」

俺ががっかりしたのを表情に丸出しにすると、山崎はちょっと慌てたようだ。

「なんか、正直なとことか、素直なとこ。最初は人見知りな感じしたけど、話し始めたらころっと打ち解けてくれたしさ。アイドルのＩＫＢ好きとかさ、普通男子って女子には恥ずかしがってあんま言わないじゃん。そういうの、さらっと言えちゃうとことか。あと、男臭くないのが、いいかな」

「男臭くない、って……オカマっぽいってこと？」

「違うよ！　なんていうか、汗臭くない。あたしんち、兄ちゃん二人に弟一人だからさ。しかも皆でかくてマッチョだから、杉浦みたいなの……うちにいる男どもと正反対で、いいな、って」

「そ、そうかあ」

正反対ということはつまり、ちいさくてもやしで臭いがなさそう、ということだろうか。それは果たして、男として喜んでもいいのかどうか。

「ご、ごめん。なんか、上手く言えない」

俺が微妙な顔をしていたのをどうとったのか、山崎は不安げな表情になる。

そのとき初めて、俺は山崎美花という女の子の顔をまじまじと見たような気がした。

今まで本当に異性として認識していなかったものだから、まるでそういう対象として見ていなかったけれど、山崎は案外（失礼なことに！）可愛い顔をしている。

丸顔で、つぶらな奥二重の目は少し離れ気味についていて、小さな鼻は少しだけ上を向いていて、唇はちょっとだけ分厚い。全体的には、子犬っぽい感じがする。真っ直ぐに見上げてくる真っ黒な目が、山崎の綺麗な心を表しているような気がした。

奇妙な沈黙に、俺はようやく、山崎が俺の答えを待っているんだと悟った。

いくら一人っ子でぼけっとしてて野生で生き残れなさそうな俺でも、このチャンスを逃すわけがない。

逸《はや》る心を落ち着かせて返事をすると、山崎はぱあっと顔を明るくして、「ヤッタ！」とガッツポーズをした。その正直過ぎる反応に、俺は声を上げて笑った。そんなの、俺だってしたいくらいだったのに。

＊＊＊

さて、俺は晴れて彼女持ちという輝かしい称号を持つこととなった。

世間はジワジワと蟬の声もうるさい夏の盛りだというのに、俺一人だけ春真っ盛りだ。

思いっきり浮かれていた俺はこの件を誰かに話したくて堪《たま》らず、まず悠馬に報告することにした。あいつはすでに幼稚園のときから隣のポジションを巡って女の子たちが殴り合いのケンカをするようなモテメンだったので、ガールフレンドなんて「ふーん」程度だろうけれど、俺にとってはまさに人生の春なのだ。

悠馬のことを考えていた俺は、はっとあることを思い出した。

俺は、山崎に告白されたのが人生で初めての経験だと感じた。だけど違う、告白されたのは、きっと初めてのことじゃないんだ。

——大人になったら、湊君と結婚してあげてもいいわよ。

そう言ってくれた子がいたじゃないか。ひとつ歳上のお姉さんの、皐月ちゃんが。

皐月ちゃんはどういうわけかわからないけれど、俺のことを気に入ってくれていた。近所で遊ぶときは、大抵俺と悠馬と皐月ちゃんの三人で、歳も近いせいか、姉弟はいつもケンカをしがちで、俺がその間に入ってなんだかんだ仲良くやっている感じだった。

皐月ちゃんはかなり気の強い女の子だった。勉強もスポーツもなんでもできて、しかも美少女とくれば、周りがチヤホヤしてお姫様になってしまうのも無理はない。そして、悠馬も同じような環境だったたから、どちらも気位の高いお姫様と王子様が一緒にいて、譲れない場面が多かったのは当然かもしれない。

あるとき高梨家で対戦ゲームをして遊んでいて、悠馬がトイレに立ったとき、皐月ちゃんは俺の顔をじっと見て言ったのだ。

「ね、湊君。湊君って、好きな子いるの」

俺は驚いた。そのときまだ俺は小学二年生かそこらで、クラスの女子は徒党を組んで男子を目の敵《かたき》にし始めたような年頃だったのだ。誰が好きかなんて、考えてみたこともなかった。

「いるわけないよ！　女子なんて怖いし」

「へえ、じゃあ皐月のことも怖い？」

「皐月ちゃんは、怖くない。だっていつも一緒じゃん」

そうだよねえ、と皐月ちゃんは機嫌がよくなった。そして言ったのだ。大人になったら、湊君と結婚してあげてもいいわよ、と。

俺もそのときはなんとなく、皐月ちゃんなら結婚できるかもしれない、と適当なことを思ったので、うん、わかった、などと返事をしたような気がする。

あの頃はひとつ違うだけで随分精神的には大人だったし、何より女の子の方が男よりも成長が早かった。悠馬も学年で小さい方ではなかったけれど、皐月ちゃんの方が身長は高かったし、摑み合いのケンカでもいつも姉には敵《かな》わなかった。

だからあの頃の俺たち三人の親分は間違いなく皐月ちゃんで、俺の中では皐月ちゃんの言うことは絶対、という気持ちがあった。まだ顔が可愛いだのなんだのという色気付いた感情は育っていなかったし、俺は甘々の一人っ子で育てられているので、三人の中ではいちばん子どもだった。

悠馬は姉がいたせいか怖いほどに女心を摑む術を学び始めていたので、幼女から老女まで大人気である。けれどそれはやはりただの見せかけのもので、俺といるときの悠馬は誰よりも奔放《ほんぽう》で残酷な子どもだった。そんな顔を皐月ちゃんにも見せていたので、二人はケンカばかりしていたのだ。

もしも皐月ちゃんが生きていたら、と想像する。

当然、あんな子どもの頃の約束は忘れてしまって、皐月ちゃんは悠馬のようなスーパーイケメンと付き合っていることだろう。でも、俺だけはきっと忘れられないに違いない。九歳で皐月ちゃんとの思い出が途切れてしまった今では、記憶が曖昧《あいまい》になってしまったけれど、きっと俺たちくらいの年齢にまで皐月ちゃんが育っていれば、それこそ絶世の美女になっていたはずだ。そんな子の告白を、いくらぼけっとした俺でも、忘れてしまえるはずがない。

「どうしたの。今日は機嫌がいいじゃない」

「えへへ。そうかなー」

一応、人生で二度は告白されたという事実に気づき、俺は夕食中もニマニマしてしまっていたらしい。

今日も俺の好物のメニュー、ハンバーグだ。父さんは残業が多く、平日は俺と母さんだけで夕食をとることが多い。ファミレスのバイトは火曜日と木曜日の週二回だから、その日は遅い帰りの父さんと食べることもある。

「今日も悠馬君ちに行くの？」

「うん。試験前だし、一緒に勉強やってくる」

「あんまり教わってばっかりで、悠馬君の勉強の邪魔したらだめよ。あんたとは頭の出来が違うんだから」

「わかってるって。あ、母さん、バノフィパイ持ってっていい？　悠馬が食いたいって」

母さんは途端に頬を緩ませ、嬉しそうに席を立っていそいそと冷蔵庫へ向かう。

「悠馬君がお菓子好きで本当に嬉しいわあ。あんたはせっかく作っても薄い一切れ食べておしまいだし」

「だって、あんま甘いの好きじゃねえんだもん……」

「勉強もっと頑張れば甘いものが欲しくなるわよ。ほら、持っていきなさい」

皿に載せてラップをかけられたバノフィパイを目の前に置かれて、俺はどうしてこんなものが美味いのかとまじまじとそれを見つめた。クッキーを砕いてバターと混ぜて固めた生地。その中にトフィーを入れ、上にバナナを載せて、生クリームを盛っただけのもの。

悠馬は俺の母さんの作る菓子ならなんでも大喜びで食べるので、その分母さんの好感度もだだ上がりだ。俺も父さんもそんなに甘いものは食べないのにたくさん作るものだから、昔から悠馬は格好の甘味処理係だった。

「本当に悠馬君には感心しちゃうわよねえ。受験のときだって、自分の勉強よりもあんたの勉強ずっと見てくれてたじゃない。悪いからいいわよって言ったら、普段から美味しいお菓子いただいているお礼です、なんて言ってくれてねえ」

「……あのときはマジで参ったよ」

俺を同じ高校に入学させるために、悠馬はあのとき徹底したスパルタ教師だった。悠馬がランクを落としてもギリギリ親を納得させられるレベルの高校が、俺が死ぬ気で勉強しなければ受からないところだったからだ。塾の勉強に加えて、家でも夜遅くまで悠馬がつきっきりで俺に勉強を教えた。馬鹿だの阿呆だの、何回言われたか脳が拒否するレベルで覚えてない。

これまでの人生であんなに勉強したことはなかった。それなのに、俺は別に甘いものが好きにはならなかった。

母さんの悠馬への賛美の言葉を聞きながら、俺は夕食を食べ終え、参考書とノートと筆記用具とバノフィパイを持って高梨家に向かった。隣同士と言えど、裕福な高梨家と平凡なうちの家では敷地面積が多分二倍ほどは違う。防犯のために立派な門や高い塀に囲まれた高梨家はパッと見ちょっとした要塞《ようさい》のようで、その隣にあるうちの家はますますこぢんまりとして見えた。

もちろん、今日の本当の目的は宿題なんかじゃない。初めて異性と付き合うというハードルの高い試練に、先駆者様のご意見を拝聴するためである。

俺が女の子に告白されたなんて言えば、悠馬も驚くことだろう。何しろ浮いた噂のひとつもなく、俺自身も国民的アイドルにばかりかまけて恋もせずにいたのだから、そんなことを全部知っている悠馬からしたら、俺の恋バナなんて朝と夜がいっぺんに来るくらいのミステリーのはずだ。

「湊、クラスの山崎って女に告白されたんだって？」

だから、俺が悠馬の部屋に上がって開口一番にそう言われたときは、目が点になってしまって、しばらく呆けていた。

「え……ええええ！　なんで知ってんの、悠馬⁉」

「帰りにボート部の女子が話してるの聞いた」

思わず「なあんだ」とがっかりした声が出てしまう。せっかく滅多《めった》に驚かない湊をびっくりさせようと思っていたのに、台無しだ。

悠馬は早々とバノフィパイをパクつきながら、どこか面白くなさそうな顔でアイスティーを飲んでいる。

「山崎がすっげえ喜んでデカイ声出してるもんだから、丸聞こえだよ」

「あいつ……そんな喜んでたのか」

俺は思わず赤面する。俺がＯＫしたときも大はしゃぎしていたけれど、もしかして部活の友達には以前から相談していたことだったのだろうか。あのさばさばとした男っぽい山崎が女子たちと恋バナなんかしているところが想像できず、なんだか微笑ましく思った。

「付き合うんだ？　ああいうの好みだったの、湊。ＩＫＢの一番人気の子が好きなんじゃなかったっけ。あのいかにも正統派アイドルって感じの。山崎は真逆じゃねえの？」

悠馬はいつもはゆっくりと味わうはずの菓子を今日はすぐに食べ終えて、テーブルにプリントを広げて視線をそこへ落としたまま、気のない声で訊ねてくる。

「いや、もー全然。好みかって言われれば、そうじゃない」

「ふうん。でも、別に嫌でもなかったんだろ」

「そうだけど。正直、今まであいつのこと女だとも思ってなかった」

「なんだそりゃ、さすがにひでえな」

そのとき初めて悠馬は俺を見てニヤリと笑う。

「じゃあ何、告白されたから好きになっちゃったの？」

「正直、そんなとこかなあ。何よりもまずびっくりしちゃってさ。そりゃ、山崎とはよく話してたけど、まさか告白されるなんて思ってなかったから」

「俺はわかる気がする。湊があいう女に好かれるの」

悠馬がなぜかしみじみと言うので、俺は首を傾《かし》げた。

「そう？　なんで？　どんなとこ？」

「お前って無害っぽいじゃん。いかにも。素直だしさ。ああいう男っぽさが潔癖の裏返しみたいなタイプには、湊みたいなのが安心するんじゃねえかな」

「ふーん……そうなのか。なんかそれっぽいこと、山崎にも言われた」

無害と言われると、なんとなく男としては心外な気持ちがある。それよりもなるほどと思ったのは、男っぽさが潔癖の裏返し、というところだ。そう言われてみれば、山崎の男っぽさは強がりというか、弱い部分や女らしい部分を見られたくないところから来ているような気がする。

「悠馬、山崎のことよく知ってるの？」

「よくは知らねえけど、時々廊下ですれ違ったりするとき、俺が女といると汚いもの見る目で睨んでくるよ。軽蔑《けいべつ》されてるっていうか」

「えっ。ま、マジか。なんでそんな風に見るんだろ」

「女を弄《もてあそ》ぶ男だって決めつけてるんじゃゃん？　俺、一人と付き合うの長くても半年だし」

弄んでいる、といえばそう見えても仕方ないのかもしれない。でも、悠馬は優等生だし、誰に対しても優しいし、表向きはスーパー完璧マンなのに、山崎はそんな目で見ていた、ということが意外だった。一瞬、悠馬の本性を見抜いたのか、と思ったけれど、そうではなく先入観や思い込みの類《たぐ》いらしい。

もっとも、悠馬が彼女を作る理由は、決して弄んでいるわけではなく、かといって誠実に愛しているわけでもなく、誰か特定の彼女を作っておかないと周りがうるさいから、ということらしい。つくづく、モテメンの言うことは理解不能だ。

「まあ、そんなのどうでもいいけどさ。その隣にいる湊はますますキヨラカに見えたのかもなあ」

「やべえ。俺、キヨラカにしてないとだめか……」

「性の芽生えは両親のセックス見ちゃったこととか、そういう話はしない方がよさそうだな」

「するわけないだろ！　そんなのお前くらいにしか言ってないよ！」

俺が顔を歪めて声を上げると、悠馬はおかしそうに笑い出す。

正直、その話はぶり返さないで欲しかった。昔の話だし俺も相当トラウマだったので忘れたい。

それはまだランドセルを背負っていた年頃の、日曜日の午前中のことだった。いつものように悠馬の家に遊びに行ってくると言って家を出て、俺は高梨家の玄関に入ってすぐに忘れ物をしたことに気がついた。

母さんに買ってもらった流行アニメのお菓子に附属しているカードですごくレアなものが当ったのだ。それを自慢したかったのに、忘れてきてしまうなんてあり得ない。早速家に引き返し、チャイムを鳴らす前にドアを引いてみると鍵《かぎ》は開いたままだった。俺は何も考えることなくそのまま中へ入った。そして、リビングから尋常でない声がするのに気がついて、ドアの隙間から見てしまったのだ。まさに真っ最中の両親の、その場面を。

すごくショックだった。そのはずなのに、その夜に初めての夢精をしてしまったのが更にショックで、俺はしばらく立ち直れなかった。

意を決して悠馬に相談すると、そんなものはとっくに卒業していた悠馬は、「両親のはエグイなー」などと笑い話にしてくれた。実際の俺はそれどころじゃなかったのだけれど、悠馬が全然深刻にならない様子を見て、ほっとしたものだ。

「俺、真面目に相談しに来たんだけどなー。女の子と付き合うなんて、どうすりゃいいかわかんないもん」

「そっか。湊、彼女できたの初めてだもんな」

悠馬は面白そうにニヤニヤしている。

「いいぜ。応援してやるよ、もちろん」

「え、ほんとに！」

「ああ。幼なじみのために一肌脱いでやるよ」

ヤッターと喜びかけて、俺ははたと悠馬の性格を思い出す。

「普通の応援にしてくれよな。ヘンなことすんなよ」

「なんだよ、ヘンなことって」

「忘れたのかよ！　今までのお前の行動の数々を！」

悠馬はいい子の仮面をかぶって周りに接しているが、本当はすごく悪戯《いたずら》好きだし、嘘をついて遊ぶのも大好きな子どもだった。

俺が陸上部のあの子が可愛いと言えば、きっかけを作ってやるなどと言って「湊が君を魚類に似てるって言ってたよ」などと会話の中でさり気なく嘘をついて、無実の俺が毛嫌いされる羽目になるし、胸が大きいと男子の間で有名だった女子の話題で、「湊もああいうのいいと思う？」と悠馬に訊かれて頷いてみれば、その女子の前で、俺をわざと足を引っかけて転ばせて、胸の谷間にダイブするというラッキースケベを人為的に引き起こしてくれた。結果的に俺はその子にビンタされて、しばらく女子の間であだ名がエロ魔人になった。女の子のことで悠馬の行動を思い出せば思い出すほど本当にひどいことばかりで、いい思い出などひとつもないのだ。

「悠馬の協力っていうと、嫌な予感しかしない。こう、コツとかを教えてくれるだけでいいんだよ！」

「ひでえなあ。そりゃ子どもの頃は色々やったかもしれないけどさ、今はさすがに成長してるじゃん。もう付き合ってるお前らの間に入ってどうこうしようとか思わないよ。ハウツーみたいなの教えればいいんだろ？」

「そうそう、そういうの！」

俺は勢い込んで何度も頷く。悠馬は鼻白んだ顔をして俺を眺め、ため息を落とした。

「例えば、どんな？」

「きっ……、キスの、きっかけとか！」

「うわ、童貞くせえ」

「うるさいなあ！　童貞なんだから当たり前だろ！」

「きっかけねえ……そのときの雰囲気だからなー」

「そのイイ雰囲気作る方法からお願いします！」

「お前、マジで必死だな」

引くわーと言いつつも、悠馬はどうやら真剣に考えてくれているようだ。

俺だって、そんな急にイイ雰囲気になったりキスしたりできると思ってるわけじゃない。でも、突然そういうチャンスが訪れたとき、何もできずにオタオタするのが目に見えるようで、少なくともそういう失敗は避けたいと思うのだ。

たとえ悠馬が完璧マンといえども、誰でも初めてのときは必ずあったはずなのだから、こういうことは聞いておいて損はないはずだった。というか、こんなことは悠馬にしか訊けない。俺が仲良くしている友達といえば、皆揃って彼女なんかいないのだから。

「例えばさ……こうして、どっちかの家で勉強とかしてるとさ。自然と距離も近くなるだろ？」

ウンウン、とメモをとりたい勢いで頷く俺。実際俺たちはフローリングの上にクッションを置いて、正方形のテーブルにＬ字形になって座っていた。少し動けば肩も触れ合う距離だ。お互い日中汗をしこたまかいて帰宅後はすぐにシャワーを浴びているから、半袖《はんそで》シャツから覗《のぞ》く肌からはほのかにいい匂いがする。悠馬はすっきりとしたシトラス系の香りのボディソープを使うけれど、うちは母さんの好みでモロに甘い花の香りのものだった。

「それでこう……俯《うつむ》いてるの見てさ。あ、睫《まつげ》毛長いな、とか気づくわけ。……まあ、湊より睫毛長い女見たことねえけど」

「そういうのいいから」

この睫毛のせいで、小学生の頃、一時期あだ名がアルパカだったのを思い出す。他にも睫毛の長い草食動物はいるはずなのになぜアルパカなのかといえば、当時白いアルパカの出ているＣＭ

が話題だったためだ。まことにくだらない。

そういえば俺は本当にいいあだ名を付けられた経験がない。そういう星の下に生まれついているのだろうか。

「それでこう、見つめられてるのに気づいた相手が顔を上げて、目が合ったりするのよ。そしたらもう、そういう雰囲気だろ？」

「う――ん……そ、そうかな……」

「そういうときになったら、こう、手を顔に持ってってさ」

悠馬は大きな手の平を、そっと俺の頰に当てる。

あ、悠馬の手だ、と俺はなぜか新鮮に思った。いつも手と手を繫いでいるのと、こうして顔に触れられているのとでは、結構感触が違う。

その大きくて乾いていて温かな感触に、気持ちいいな、と感じて俺は目を閉じる。俺の顔全体を包み込めるほどの、悠馬の大きな手。大きいことは知っていたけれど、これほどだったなんて、俺は初めて気づいたような思いがする。

「湊、顔ちっちゃいな」

そっと悠馬が囁《ささや》いた。

妙に声が近いのを不思議に思って、はたと目を開けると、思いがけないほど近くに悠馬の顔があった。

「うわっ……」

思わず声を上げて後ずさると、悠馬はニヤニヤして手を離す。

「とまあ、こんな感じ？」

「す、すげえ。確かに、そういう雰囲気だった……」

「お前が目開けなきゃ、そのままちゅーしてやったんだけどな」

悠馬のニヤけ顔の発言に驚いて、俺は憤慨した。

「冗談じゃねぇよ！　俺の大切なファーストキスを、なんでお前に奪われなきゃなんねぇんだよ！」

「めんどくせー。どうでもいいじゃん、最初とか二番目とか三番目とか」

「俺にとってはどうでもよくないの！　フウー、危険回避……」

「なんだよ。キスのやり方も教えようと思ったのに」

そう言われると、ちょっと心が動きかけたものの、いやいやと首を横に振る。

やっぱり最初は肝心だ。いちばん大事なものを見失ってはいけない。それに、ヘンに慣れていたら、女の子を弄んでいるのではとケッペキな山崎に疑われてしまう。

「あー……湊が彼女持ちかあ」

悠馬が、ぐでっと俺の肩に顎《あご》を乗せて凭《もた》れかかってくる。

「重いよ、悠馬」

「お前はずっと童貞のままだと思ってたんだけどなあ」

「怖いこと言うな！　ふざけんなよ！」

全体重を乗せてくる悠馬を払いのけようとするが、却ってがっちりと腰に腕を巻き付けられて、重さに耐え切れずフローリングに共倒れになる。悠馬はスレンダーに見えるけれど、全身にみっちり筋肉がついているから、全力でのしかかられると本気で重い。ラグビー部の奴に勧誘されるほど力もあるし（確かスポーツテストでは握力と背筋力が学年でトップだった。俺は言わずもがな）身長もデカイから、俺なんか悠馬からしたら非力な子どものようなものなのだ。

「苦しいって！　マジやめて、夕飯出ちまうから」

「本当にちゃんと食った？　腰細過ぎんだろ」

「やめろってば……」

悠馬とは今でも取っ組み合いのようなじゃれ合いをよくする。昔はいい勝負だったのに、今じゃまるで力も敵わないし、体格差があり過ぎてはっきり言ってほとんど虐待だ。こういうとき、俺はいつも悠馬にのしかかられて終わる。本気でしんどいので、俺はそれが長引かないよう、すぐにギブアップする。そうすると悠馬は大抵引いてくれるのに、今日は俺に抱きついて寝転がったまま、じっとしていた。

悠馬の体温が熱い。クーラーがついているから汗はかかないけれど、筋肉マンにプロレスよろしく密着されていると、胸が詰まるような息苦しさを感じる。

「あーあ。俺の湊が女のものになるなんてー」

「だから、お前のじゃねえし」

悠馬は度々「俺の湊」と人目を憚《はばか》らず口にして周りにドン引きされている。口癖のレベルでそういうことを言うので、過保護な幼なじみの冗談として認識されているが、俺としてはやっぱり恥ずかしいからやめて欲しい。

「あー、そうだった。ああいう女はお前みたいのが好きだった。盲点だった……」

「ああいう女って、山崎か」

「そう。ああいう、潔癖な女。それと……」

そのとき、悠馬はふっと妙な顔をした。

長年見てきたはずの幼なじみが、見慣れない男になったように思えて、あれ？　と思った。目が妙に真っ黒になった。表情が消えて、能面みたいだ。光のないところに置かれた人形みたいにも見えて、スウッと背筋が冷たくなった。

けれど、それは本当に一瞬で終わった。瞬《まばた》きしたら、もう普段の悠馬だった。

俺は無意識に目を擦《こす》る。多分見間違いだろう。すぐに悠馬は俺の上から身を引いて、いつも通りになったのだから。

「あ。なあ、湊。たまにはお前の部屋行きたいんだけど」

「俺の？　別にいいけど。いきなりなんだよ」

「だって、山崎がお前の部屋に来るときもあるかもしれないだろ？　見られたらまずいものとか、チェックしてやるよ」

悠馬の申し出に、なるほどそれは有り難いと俺は受け入れた。バイトのない水曜日の夜、俺の部屋で勉強をすることに決めた。初めての彼女を前にして恥をかかないためならば、どんなことでもする心づもりである。

とにかく今の俺は浮かれているので、冷静だとか客観的だとかいう言葉からはまったく遠い場所にいた。悠馬がヘンな奴だってことも失念していて、この幼なじみが本当に俺のためになることをしてくれると信じ切っていた。

もっとも、子ども染みた悪戯は子どもの頃にしかしていなかったし、暗殺もそう頻繁にはやらなくなった。さすがにこの歳になってからの悠馬は突拍子もないことなんかしでかしていなかったので、俺はすっかり安心していたのかもしれない。

こういう甘い判断が、厳しい自然界では命取りになるのだろう。

もちろん、この人間社会でも。

綻《ほころ》び

「おはよう、杉浦」

　翌朝、いつものように悠馬と登校していると、駅の前で山崎が待っていた。俺は驚きのあまり、「お、おう」と言ったきり、何も気のきいたことが言えずに固まってしまう。

　山崎は「おはよう」と爽やかに微笑む悠馬を無視して、空いている方の俺の手を引っ張った。勢い余って俺はつんのめりそうになる。その拍子に、悠馬の手が離れた。

「一緒に行こ」

「う、うん。あれ？　山崎、朝練は？」

「今日はないよ。来週は期末テストでしょ。今週からそのために朝は自主練になったの」

「あ、そうなのか……」

　気づけば、山崎にグイグイと引っ張られて歩いていて、俺は悠馬と手を繋いでいないことに後から思い至る。思わず悠馬を振り返ると、あいつはすでに他の友人たちと談笑中で、俺たちのことは気にしていない様子だ。そのことが、なんだか少しだけ寂しく感じた。

山崎は少し歩くと、ずっと俺の手を引っ張っていたことに気づいて、慌てたようにぱっと離す。

「ごめん。すげえ引っ張っちゃった」

「や、別にいいけど。ちょっとびっくりした」

少しだけ顔を赤くして、山崎は再び「ごめん」と謝る。

「ほんとは、電車の中で杉浦のこと見つけてたの。でも、ちょっと声かけられなくて」

「え、そうだったんだ。まあ、混んでたしなあ」

「それもあるけど……」

山崎は少し口ごもる。

「杉浦ってさ。いつもあいつと登校してるよね」

あいつ、というのはもちろん悠馬のことだろう。その声音に刺々《とげとげ》しいものを感じ、やはり山崎は悠馬が好きではないのだとわかる。

「手なんか繋いじゃってさ。そんなに仲いいの、どうして？」

「仲いいっていうか、俺たち幼なじみだから」

「家、近いの？」

「うん。隣同士だよ」

そう……、と山崎はつまらなそうに呟く。

俺はなんだかいたたまれない。悠馬はヘンな奴だけど、俺にとってはやっぱり大事な友達だし、彼女になった山崎に嫌われているのは苦しい。

「あいつ、いつも俺に勉強教えてくれるんだ。結構、面倒見いいんだぜ」

なんとか山崎の中の悠馬の好感度を上げてみようと試みるけれど、イマイチ難しくて、微妙なフォローにしかならない。

「そうなんだろうね。電車の中でも、杉浦のこと庇《かば》うみたいに立ってたし」

「え……、そうだっけ」

思わぬことを言われて、俺は首を傾げる。確かに電車がひどく混雑しているときでも、俺はさほど圧迫されたような記憶がない。立っているときはドアの前とか椅子《いす》の脇にいることが多く、目の前にはいつも悠馬が立って、俺の後ろに手をついている。もしかして、あれは背中で重圧を受け止めてくれていたんだろうか。

そんなこと、今の今まで気づかなかった。電車通学を始めてもう一年以上経《た》つというのに、我ながら鈍いにもほどがある。大変遅ればせながら、俺は悠馬の紳士的な気遣いに感謝しなければならない。

「っていうか、そんなことする必要ねえのに」

けれど思わず、口の中でそんな言葉がこぼれる。俺だって男なんだから、女の子みたいに痴漢される危険があるわけでもなし、そんな風にお姫様よろしく守られる必要なんかないのだ。何も知らずにのほほんと保護されていたことを山崎に指摘されて初めて気づいて、正直、俺は有り難いと思う気持ちよりも、恥ずかしいという感情の方が大きかった。

「ねえ、ところでさ、杉浦。今日って確かバイトだったよね。火曜日」

「ああ、うん。そうだけど」

ふいに話題を変えられて、俺は戸惑う。山崎にバイトの話をしたことはあっただろうか。覚えていないけれど、話したとしても曜日までは伝えていないはずだ。つまり、それだけよく俺の行動を観察していたということなのだろうか。本当に俺のことが好きだったんだ、と改めて思い、頬が熱くなる。

「駅前のファミレスでしょ？　ゲームセンターのビルの四階」

「あれ、もしかして山崎、俺がバイトしてるとこ来たことあったっけ」

「ちらっと見たことある。今日、何時まで？　あたし、部活帰りに寄ってもいいかな。七時くらい」

「八時までだから、もちろんいいけど。その時間帯だと結構混んでてあんま話できないかも。それでもいい？」

山崎は顔を見に行くだけ、と頷いた。初めて恋人らしいやり取りをしたような気がして、俺たちはどちらも恥ずかしがってヘンな顔になった。そのまま勢いで、期末試験が終わったら、どこか遊びに行こうとも約束した。

ボート部は夏の大会があるけれど、夏休みはどこへでも遊びに行ける。それこそ、きっと泊まりで旅行することだって可能だ。

俺は初めて彼女と迎える夏休みのことを想像し、思わずデレデレしてしまう。夏はＩＫＢのコンサートのチケットを死に物狂いで手に入れるつもりだった。我ながら現金だけれど、それもこの際なくたっていい。遠くのバラより近くのタンポポなのだ、当然である。

そうだ、夏のバカンスは目の前なんだ。大量の課題なんか知るもんか、来年の受験なんか知るもんか。青春を、恋を味わわずしてどうする！　海だ、山だ、太陽だ！

「ちょっと、杉浦、危ない！」

「へ？」

浮かれて想像力を空高く飛ばしていたら、どうやらふらふらと車道の方に出てしまっていたらしい。山崎にぐいっと腕を引っ張られて、俺は白い乗用車とギリギリですれ違った。人生初の彼女ができた翌日に交通事故にあうところだった。そんな悲劇は、俺の平凡な人生には似合わな過ぎる。

「寝ぼけてんのか？　しっかりしろよー」

「あ、ありがと……ぼうっとしてた」

「山崎さん」

ふいに、いつの間に近づいていたのか、すぐ後ろから悠馬の声が聞こえる。

「こいつと登校するなら、手繋いであげてよ。こんな風に、危なっかしいからさ」

「よ、余計なこと言うなよ、悠馬！」

俺はトマトみたいに赤くなって、ぽこっと悠馬の肩を叩《たた》いた。悠馬は小さく笑って、数人の友達とさっさと歩いていってしまう。

「確かに……危なっかしいな」

「え、あ、山崎」

山崎は俺の手をぎゅっと握ってきた。悠馬の手とは違う、小さな手の平。しっとりした質感。ああ、これが女の子の手なんだ、と俺はしみじみと思い、チェリーハートは感激に震えた。正直なところ、ありがとう悠馬と言わざるを得ない。

俺は元々人見知りだし、小さい頃は自分から見知らぬ人に声なんかかけられなかった。学校で新しいクラスになったときは、いつでも最初は一人ぼっちで、そのうちに積極的な子が引っ張ってくれて、俺を輪の中に入れてくれたのだ。悠馬がそこにいるときは、もちろん悠馬が俺を皆と友達にさせてくれた。俺は親しくなれば普通にずけずけ思ったことを言うし遠慮なんかしないのだけれど、最初のきっかけを掴むのがどうしても苦手なのだ。

だから、女の子と付き合うなんてことになった今も、自分から何をしたらいいのかまったくわからない。それで悠馬に色々聞こうとしたのだが、どうもやっぱり俺からは何もできなさそうな予感がする。反対に山崎の方が男らしい。告白してきたときはあんなに真っ赤になっていたっていうのに、今では凛々《りり》しく俺の手を引いてスタスタと前に進んでいる。

山崎に手を握られながら、俺はふわふわとした心地で歩いていた。教室に近づくにつれてクラスメイトとすれ違うことが多くなり、おっ、という目でじろじろニヤニヤ見られて、俺は乙女のように恥じらった。一方、男らしく前を行っていた山崎の耳も赤くなっていて、俺はやっぱり、女の子なんだなあ、可愛いなあ、としみじみ思ってほっこりするのだった。

＊＊＊

その日は一日中冷やかされて、ふざけて結婚式まで開かれてしまうのではないかとすら思っていたけれど、当然まったくそんなことはなかった。

ヒューヒュー言われたのは朝のちょっとした時間だけで、後はもう皆日常の風景に戻っている。もうちょっといじってくれてもよかったんですよ？　と思うものの、まあこの歳にもなれば付き合うことなんてありふれているし、俺の中でお祭りが開催されているだけで、周りにとってはわりとどうでもいいことだったのだ。当たり前のことかもしれないけれど。

放課後、週に二回、俺はファミリーレストラン『カメーリア』のホールとして働いている。去年の夏から働き始めたので、丁度一年だ。

一人っ子でぬくぬく育ったもやしな俺は最初失敗を連発して怒られてばかりいたが、今ではなんとか仕事を覚え、ある程度一人前のことができるようになった。

どうしてここを選んだのかといえば、単純に学校から近いから。最初はバイトをすることを渋っていた両親も、週二回だけなら、ということで許してくれた。それと、ここカメーリアのパンは母さんがお気に入りで、俺が時々余ったものを持って帰ってくることに期待を寄せたらしい。実際はそれほど貰える機会もなく、がっかりさせてしまったのだけれど。

七時を過ぎた頃、山崎がやって来た。他の店員が「いらっしゃいませ」と応対に出て、山崎は店の入り口に近い席に案内された。

店は丁度夕飯時でそこそこ混んでいる。俺は仕事の合間を縫って、そっと山崎に話しかけた。

「お疲れ。部活の後すぐ来たのか？」

「うん、そう。試験前だからそんなに長くやらないんだ」

「ごめんな、やっぱり混んでるからそんなに話せない……」

そのとき、窓際の席から、女性の悲鳴が上がった。

「きゃあ！　コウ君、大丈夫？」

何事かとそちらを見てみると、小学生くらいの男の子がスープの器をひっくり返してしまい、洟《はな》を垂らしてあーあー泣いている。青いTシャツにはミネストローネの赤い染みがたっぷりとついており、惨憺《さんたん》たる有り様だ。早速最年長のホールスタッフが布巾《ふきん》を持って駆けつけると、母親の中年女性は目を縦になるくらい吊り上げて激しく憤り、

「ちょっと、店長を呼びなさいよ、店長！　こんな熱いスープ出して、何考えてんのよ！」

などとスープをこぼした息子の過失よりも、スープが熱かったことに文句をつけたのである。

「ねえ、あそこのオバサン、すっげえこと言ってる」

山崎が呆れた顔で俺に囁いた。

「あれがモンペってやつかあ」

あまりに女性がうるさいので、店長がヘコヘコしながら出頭する。

「あんな親に育てられたら、子どももヘンになっちゃうよな。子どもを助けてるつもりなのかもしんないけど、結局自分のやりたいようにやってるだけじゃん。いちばん気の毒なのって子どもじゃんね」

山崎の言う通りだと思う。あの子どもがあのおばさんの下で守られているうちはいいけれど、あのまま成長しても、中身は物事の道理がわからない子どもになるだけだ。

モンスターペアレントは子どものために外部に対して迷惑行為をする人としてそう呼ばれているが、その実、いちばんの被害者は子ども自身だと思う。親は子どもを自分の所有物と思っているから、過保護、過干渉であんな風に育ててしまう。自分の思い通りにならなければなんでも攻撃する。

やがてその子どもも自分の要求が通るのが当然と思うようになり、周りと上手くいかず、結局モンペの支配から逃れられずに自分も怪物になってしまう。モンスターはモンスターを生むのである。

俺は甘やかされている自覚もあるし、愛され過ぎているのもわかっているぼけっとした一人っ子だけれど、親は叱《しか》るときは普通に叱るし、だめなことはだめ、人に迷惑をかけたらいけない、という極めて常識的なことは教えられている。

子どもは親を選べない。あんな風に育てられていたら、その子どもも親と同じようになってしまう。俺はつくづく、まあまあ普通な家に生まれてよかったなあ、と思った。

「モンスターっていったらさ……あいつもそうじゃん」

「え？　誰？」

「あんたの幼なじみ」

そのとき、ホールの同僚に軽く睨まれ、俺は慌てて仕事に戻る。客も増えてきたし、いよいよ山崎と会話を楽しんでいる場合ではなくなってしまった。手を軽く顔の前に上げて「ごめん」のポーズをすると、山崎は笑って首を横に振る。

俺が仕事に戻り忙しく働いている間、山崎はパンケーキとコーヒーを頼んでそれをゆっくりと食べていた。そして食べ終えると、しばらく携帯をいじって、欠伸《あくび》をしながら立ち上がる。

もう帰るのかと俺が慌てて近寄ると、山崎はまじまじと俺の格好を見て、ニッと笑った。

「カッコいいね、杉浦」

「え、そう？　ありがと」

俺は自分の格好を言われたのかと思い、少し照れた。

カメーリアの制服は白いシャツに赤い刺繍《ししゅう》で店の名前が縫いつけられた緑のベスト、そして赤いネクタイに黒のパンツである。イタリア料理の店なので、制服もイタリアの国旗の色に合わせているのだ。

「これ、最初はいかにもイタリアンで好きじゃなかったんだけど、汚れも目立たないしいい色だよな」

「うん、その制服もだけど。やっぱり、男は働いてる背中がいちばんだよね」

なんて妙に渋いことを言って、山崎はまた明日、と店を出ていった。

たまに悠馬や他の友達も遊びに来てくれたりするけれど、やっぱり付き合っている（昨日からだけど）女の子が来てくれるのは、格別だ。「今の彼女？」とホールの仲間に言われて、俺はデレデレして「はい、わかりますう？」といやらしく答えた。「ふうん。可愛いね」と実際まったくそう思っていなさそうな声で適当に相づちを打たれるものの、俺には最高の褒め言葉である。

ああ、彼女持ちってなんて素敵なステータスなのだろうか。今ならば曲芸並みの皿の数を持って店内を練り歩けそうだ。立派に仕事をして、それを彼女に熱い眼差しで見守られて、俺はなんて幸福な奴なのだろう。

俺は幸せを噛み締めながら、残り僅《わず》かなバイトの時間をいつも以上に頑張ってこなした。店長にも、「今日は張り切ってるなあ」なんて言われて、機嫌がいいのはバレバレだ。今なら公務員じゃなくて、ここの正社員になってもいいかも、なんてらしくもなく浮ついたことまで考える始末だった。

だって、山崎はこの制服をカッコイイと言ってくれたのだ。恋人が、ここで働いていることを褒めてくれたのだから。

＊＊＊

水曜日の夜、久しぶりに悠馬が俺の部屋にやって来た。

悠馬の親は不在のときが多いものだから、いつしか俺が高梨家に行くことが当たり前になっていたのだけれど、悠馬は俺の部屋に来るといつもベッドの上に寝転がって、持ち込んだ本を読み耽《ふけ》ったり、そのままうたた寝してしまったりもした。

今日は試験前なので、当然勉強が主な目的だ。それなのに、悠馬はやっぱりベッドに座る。そんなに俺のベッドがお気に入りなのだろうか。以前「ミルクっぽい匂いがする」と言われ、破廉《はれん》恥《ち》な暗喩《あんゆ》かと思い憤慨したが、悠馬は首を傾げていたので破廉恥なのは俺の方だった。

母さんは悠馬がうちに来るというので張り切ってシュークリームを作った。まだ昨日作ったプディングが残っているというのに。

悠馬がうちに来る度に菓子が増える。このままではうちが菓子だらけになってファンシーなお菓子の家になってしまう。悪夢だ。俺は、やはり次からは悠馬の家に行かせてもらうことに決めた。

「勉強、頑張ってね」

と、シュークリームの大量に盛られた皿を部屋に置いて、母さんは機嫌良く出ていった。俺はその山盛りの菓子を見て、食べる前からゲンナリする。

「なんだよ、これ……二人分の量じゃねえよ」

「俺が食うって。余ったら持って帰っていいか？」

「どーぞどーぞ。っていうか、そうしてくれないと困る。俺が後で無理に食わせられるもん」

悠馬は早速ひとつ手に取って、実に美味そうに味わっている。そういう表情を見ていると、なんとなく美味しそうなものに見えてくるから不思議だ。

「こんなに美味いのに、甘いものが好きじゃないなんて、お前は損してる」

「ちょっとならいいんだよ、ちょっとなら。なんだってこんな戦争みたいな量出されなきゃいけねえんだよ」

俺も文句を言いつつ、ひとつくらいは食べようと、夕食でほとんど満腹のところに努力して詰め込んだ。シューの中に目一杯に入っているカスタードクリームがぶちゅっと溢れ、思いっきり頬にこびりつく。

「食べ方きたねえぞ、湊」

悠馬は笑いながら、俺の顔についたクリームを綺麗な指ですくって、そのまま舐《な》めた。そんな姿も様になる。

こういうことを彼女にもしているんだろうか。同じ状況になったとき、俺は悠馬くらいの卒のない動きでできるだろうか。なんて、そんなことばかり考える。

はっきり言おう、もう勉強なんかまったく頭に入ってこない。俺の脳みそは引き続き『祝・初彼女』のお祭り騒ぎで、それどころじゃないのだ。

「なあ、湊。お前、ずっと朝は山崎と登校することにしたの」

「ああ……今日も駅で待ってたよな、山崎」

山崎は昨日のように悠馬の手から俺をもぎ離し、そのままがっちりと手を繋いで、教室まで連行した。それはまるで義務か儀式のようで、甘い雰囲気は全然ない。俺たちは二人とも赤くなって恥ずかしがりながら、駅前から教室までの道のり限定で手を繋ぎ、軍隊みたいにズンズン歩くのだ。

「多分、朝練が自由なうちはそうするんじゃん？」

「それっていつまでだよ」

「今週と、来週、かな。試験が終われば元に戻るはずだけど」

「あーあ。それまで我慢できねえよ。俺、あいつほんと嫌だ」

悠馬はシュークリームを咥《くわ》え、参考書を持ったまま俺のベッドに寝転がる。

「あ、おい、そこで食べんなよ。落ちるじゃん」

「大丈夫大丈夫」

悠馬は大きく口を開けて、一口でぱっくりシュークリームを頬張った。俺は口が小さいので、そんな芸当はできない。子どもの頃みかんの早食い競争をしたときも、悠馬はみかんまるまるひとつを一口で食べまくって、俺を惨敗させたことを思い出す。

「俺が毎朝お前を無事に学校に送り届ける楽しみをさー、どうしてああ意地悪に奪うのかね」

「別にそんなことしなくたって大丈夫だって。そろそろ卒業しようぜ」

「もし暴漢が襲ってきても、俺なら湊を助けてやれるのにさあ」

「そんな目にあう確率なんかめちゃくちゃ低いだろうが」

「お前が道中、熱中症で倒れても、俺なら軽々おんぶしてやれるのにさあ」

「大丈夫。俺、太陽大好きだし暑さには強いから」

ベッドの上で駄々《だだ》をこねる悠馬を持て余しながら、今朝も悠馬を無視して俺を連れ去った山崎のことを思い出す。

どうして、山崎はああも悠馬を嫌うのだろう。他の男にはそんなに理不尽な態度をとる奴じゃないのに。

そのときふと、俺の頭に山崎がカメーリアで言っていた言葉が浮かぶ。

——モンスターっていったらさ……あいつもそうじゃん。

——あんたの幼なじみ。

モンペの話をした後に、山崎はそんなことを言ったのだった。その後すぐに仕事に戻って慌ただしく働いていたものだから、すっかり忘れていた。

どうして、山崎はあんなことを言ったのだろうか。悠馬が、モンスターペアレントってこと？　でも、悠馬は俺の親じゃないし。一体、何が言いたかったんだろう。

「チビでブスの分際で、俺の湊をとるなんてさあ」

「山崎はブスじゃねえよ」

俺がすかさず答えると、悠馬は起き上がって「はあ？」と心底驚いたような顔をする。

「お前、マジで言ってんの？」

「マジだよ。山崎、可愛いじゃん」

「どう見てもピットブルだろ」

「違う！　人間！　可愛い女の子！」

怒りのあまり思わずカタコトになる俺を、悠馬は怪訝《けげん》な顔で凝視する。

「湊……目が腐ってきてるのか」

「腐ってねえし！　なんで人の彼女、そんなに悪く言うんだよ」

「お前、別に山崎じゃなくたっていいんだろ？　山崎が可愛いんじゃなくて、自分に告白してくれる女なら、どんなゴリラだって可愛く見えんだろ？」

ゴリラはひどい、と思うけれど、悠馬の言葉に痛いところを突かれて、グッと黙った。

確かに山崎のことは女だとも思ってなかったし、特に可愛いとも思ってなかった。だけど、告白されたら、そりゃ可愛く見えてくるものだろう。こんな平凡でなんの取り柄もない俺を好きだと言ってくれるのだから、それだけで天使で妖精で神様だ。

「別にいいじゃん。女の子好きになるなんて、そんなもんだろ」

「アイドル好きがまた随分ハードル下げたもんだなー。湊は絶対面食いだと思ってたけど」

「俺もそう思ってたけど……やっぱ恋は人を変えるのかなあ」

恋ねえ、と悠馬は鼻で嗤《わら》う。そのいかにも人を馬鹿にした態度がムカつき過ぎる。

「そりゃ、悠馬は可愛い子からいくらでも好きって言ってもらえるんだから、俺が阿呆に見えるかもしれねえけどさ。お前みたいな奴には、俺なんかの気持ちはわかんないよ」

「そうだなあ。俺、湊だけじゃなくて、他人の気持ち全然わかんねえからな」

指先で器用にシャーペンを回しながら、悠馬はつまらなそうに人のベッドをいじくっている。

「なあ、そんなことよりさ。湊ってエロ本とかどこに隠してんの？」

「そんなもん、隠してねえよ！」

「ハア？　読むだろ、いくらなんでも」

「じ、自分では買わないよ！　全部悠馬のとこで見せてもらってるからいい。だって、この部屋、母さんが勝手に入るし」

「だからそこで頭を使って隠し場所を考えるわけだろ？」

「無理だよ、絶対見つかる。女ってそういうの見つけるの得意なんだから」

まあ、確かにそうだな、と悠馬は同意する。俺たちの頭には、多分同じ記憶が蘇《よみがえ》っているはずだ。

学校の帰り道、通学路に捨てられていたHな雑誌を拾ったことがあった。俺たちはそれをいつもつるんでいる皐月ちゃんには内緒で、ビニール袋に入れてクローゼットの奥に隠した。けれど、勘の鋭い彼女は、あっという間にそれを見つけてしまったんだ。それ以来、女に隠し事はできないという意識が俺には染み付いている。

そりゃあお年頃だし、エロ本だって普通に興味はあるし、読みたい。悠馬は結構マニアックなものまで持っているので、見たければ悠馬の部屋に行けばいいのだ。一晩借りたとしても、必ず翌日には悠馬に返す。自分のいない部屋に置いておくなんて危険なことはしない。

両親がいたしているところを見てしまったせいか知らないが、俺は親と一切そういう類いの話をしたくなかった。そういう雰囲気を感じ取るのも嫌だったので、二人の寝室には極力近づかなかった。同時に、親に自分がいやらしいスケベな子どもだとも絶対に思われたくなかったのだ。

年頃だから当然、と考えてくれたとしても、そういう断片を家に残しておきたくなかった。両親にとって、いつまでも無邪気な子どもでいたかった。

実際、俺は悠馬なんかと比べると紛うことなき無邪気さだとは思うけれど、彼女ができて浮かれているだとか、そんなことすらも知られたくはなかったのである。

「なあ、湊、アイスティーおかわり」

「自分で取りに行けよ」

「俺が勉強教えてやってんだろー」

はいはい、と差し出されたグラスを持って、俺は立ち上がる。

それにしても、同い年で、ずっと隣同士で育ってきて、どうしてここまで色々違ってしまうのだろうか。俺は未《いま》だに本屋でエロ本なんか買えなくて、彼女だって奇跡的にできた有り様なのに、悠馬ときたら幼稚園から女の子に囲まれた生活を送っている。

世の中不公平だなあ、なんて思いながらも、俺にもようやく幸せが巡ってきたのだ。もう二度とないかもしれないし、少し何かを間違えば、すぐにまた失ってしまうものかもしれない。

だから、この縁は大切にしなくちゃいけない、と俺は改めて肝《きも》に銘じたのだった。

「おい……、何してんの」

アイスティーを持って部屋に戻ると、悠馬が俺のベッドに突っ伏してじっとしている。

「湊の匂いを感じてる」

「キモいから」

「なあ、お前ここでシコってんの？」

「言わねえし！」

「床オナとかやめとけよ。刺激に慣れ過ぎて女の中でイけなくなるって話だぜ」

俺は内心ドキッとしつつ、ふうんと適当に相づちを打つ。オナニーはそんなに頻繁にするわけじゃないけれど、結構色んなやり方を試してみたりはした。何しろ、彼女なんかできるかどうかわからなかったし、この先一人遊びが永遠に続くかもしれないのだから、研究は大事だ。

床は確かに刺激が強かったけれど、俺はあんまり好きじゃなかった。冷た過ぎて。でも、なんだか気分が乗らなくてなかなか終われないときは、そういうやり方をすることもあった。

「悠馬は自分でなんかしないいんだろうなあ」

「まあね。やらせてもらえるし」

「まじ死んで欲しいわー」

俺は世の中の男たちを代弁して、そう吐き捨てた。

＊＊＊

翌日も、なんの変哲もない一日になるはずだった。

つまらない授業をこなして、クラスメイトとくだらない話をして、山崎と目が合ってちょっと照れたりする、平穏な一日。

けれどそんな日常は、朝のホームルームの教師の一声に打ち砕かれた。

「これから持ち物検査するぞー。全員、鞄《かばん》を何も手をつけずに机の上に置けー」

担任の突然の指示に、皆うろたえる。

「えー、聞いてないよー」

「ヤバイんだけど……昨日買った雑誌入ったまんまだよ」

持ち物検査はいつでも唐突なものだが、今学期が始まってからまだ一度もなかったため、誰もが油断していた。

俺は特に見つかって困るものはないし、と慌てることもなくぼうっと事の成り行きを見守っている。

中年で腹の出た担任教師は次々に無遠慮に鞄の中に手を突っ込んで、容赦なく違反するものを没収していく。阿鼻叫喚《あびきようかん》の教室。戸惑う生徒たち。こんなときには一発天変地異でも起きて皆を救ってくれと不謹慎なことを考えるけれど、残念ながらゴジラもモスラもやって来ない。

先生の動きは素早かった。すぐに俺の順番になり、高校指定のネイビーの鞄の中をゴソゴソやられて、俺がそれをなんとなく見守っていたそのとき。

「んー？　なんだこりゃ」

何かおかしなものを見つけたのか、先生がほぼ空っぽになった俺の鞄を探る。奥に挟まって取れなかったらしく、乱暴に逆さまに振った。

すると、普段まったく使わない内ポケットから、見覚えのないものが二つ、ポトリと机の上に落ちた。

可愛いキャラクターの描かれたピンクのパッケージに包まれた、コンドームだ。それと、でかでかと四十八手と書かれた、小さな本。

初めは頭が真っ白になって、その次に目の前が真っ暗になった。

なんでそんなものが俺の鞄の中に入っているのか、まったくわからない。身に覚えがなさ過ぎる。なんだこれは。妖怪の仕業なのか。

次第に、周りからクスクスと小さく笑う声が聞こえてくる。そして、さやさやと風に吹かれる木の葉のざわめきのような、無数の小さなからかいと同情と侮蔑《ぶべつ》。

「杉浦、やる気満々だなー」

「四十八手だって。しっぷ」

「うわ、公開処刑。かわいそー。恥ずかしー」

「ゴムの絵柄可愛いし……まじウケる」

皆の好奇や軽蔑の入り交じった視線を全身に受け止めて、俺は「ウワー!!」と大声で叫んで全速力でその場を逃げ出してしまいたかった。

そして、教室の中を観察する度胸もなかった。紛れもなく一人、俺の顔を貫通しそうに鋭い視線で見つめている人物がいることに、当然気づいているからだ。

教師にその不審物を没収された後、一人呆然《ぼうぜん》と椅子に座りながら、俺は一体今何が起きているのかを考えていた。

あの鞄の中に入っているものは、いつも決まっている。教科書に、文房具に、財布に、携帯。うちの高校は携帯自体は禁止されていないから持っていても構わないのだけれど、校内で使うことは一応禁じられている。バイトも、やっていいとも悪いとも明言はされておらず、ただ暗黙の

四十八色

了解で、学生の本分は勉強なので、過度の勤労は禁物という軽い制限があるくらいだ。

とりあえず、俺自身はゴムなんか買ったこともなければ、四十八手なんて渋過ぎる指南書も目にしたことすらない。絶対に誰かが悪戯で仕込んだのだ。俺の知らない間に。

一体それは誰だ、と考える。朝からの行動を考えてみても、家から悠馬と一緒に出て、そして駅から山崎と登校し、そのまま教室に入って——一度席に着いた後は、トイレにも行っていないし、鞄の周辺から離れなかったはずだ。誰かが何かを入れようとすれば、すぐに気づく。

だとすると、やはり、犯人は悠馬だ。

昨日の夜、俺の部屋に来て一緒に勉強をしたときだ。俺にアイスティーのおかわりを頼んで部屋から追い出し、その隙に鞄の中にあれらを仕込んだのに違いない。

考えれば考えるほど、悠馬以外に犯行が可能だった人物はおらず、俺は徐々に込み上げる怒りに唇を嚙み締めた。

何でそんなことをしたのか、意味がわからない。けれど、悠馬が意味がわからないのは今に始まったことじゃない。まさかこの歳になってもこんなひどい悪戯をしでかすとは思わなかったが、つまり、悠馬はどんなに成長しても悠馬だということなのだ。

「ねえ。なんであんなもの、持ってたの」

一日中、俺と目も合わせなかった山崎が、放課後、俺を教室に残して、二人きりになるのを待って話し始める。

「あ、あれは……」

悠馬に入れられた。そう言ったとしたら、山崎は信じるだろうか。きっと悠馬を嫌っている山崎のことだから、俺の方を信用してくれるかもしれない。

だけど、これまで悠馬に関する俺の主張はことごとく周りには受け入れられなかった。その経験から、山崎の問いかけに対する反応が遅れた。それを山崎は俺の狼狽《ろうばい》ととったらしい。

「まだ付き合って数日だよ？　あたしたち。そんなに早くやるわけねえじゃん」

「わ、わかってるよ。あれは違うんだ。俺じゃなくて……」

「杉浦はそういう奴じゃないと思ってたのに。やっぱあんたも、やることしか考えてないサルなんだね」

俺の言葉など少しも耳に入っていない様子で、山崎は捲《まく》し立《た》てる。

今日のことは、山崎の地雷だったのだ、と俺は悟った。

そして、俺の頭は遅れて、山崎の気性を見抜いていた悠馬のことに思い至る。悠馬なら、山崎が何を最も嫌悪するのか、察していたはずだった。

「もう無理だわ」

山崎は教室に二人きりでいるのも耐えられないというように足早に出ていった。俺は棒立ちになったまま、しばらく動けずにいた。

告白されて三日目。俺は早々にフラレてしまった。

しかも、最高に最低なシチュエーションで。

＊＊＊

「知ってたんだろ。今日が持ち物検査だって」

悠馬が帰宅するのを待って、俺は鼻息も荒く高梨家へ乗り込んだ。

まだシャワーを浴びる前の制服姿のままの悠馬からは、汗とプールの塩素のにおいがする。昔から変わらない、悠馬の夏のにおい。

この幼なじみに裏切られたんだ。そう思うと、俺は悔しくて泣き出しそうになった。悠馬には、裏切ったなんて気持ちはないに違いない。単純に、昔から変わらないヘンな悪戯心で、俺をからかっただけなのだ。

「なあ、答えろよ！」

「まあ、そうだな。知ってた」

しれっと白状する悠馬に、俺はガキのように地団駄を踏んでフギャー！　と泣き叫びたくなる。

「ふざけんな！　なんだよ、四十八手って！」

「カーマスートラの方がよかった？」

「ちげえよ！　なんで無駄に歴史あるもん持ってくんだよ！　違う、そういうことじゃなくて……もう、なんなんだよ、サイアクだよ‼」

俺は怒りのあまり言葉が出ず、ウガーッと叫んで自分の頭を掻《か》き回《まわ》した。怒りのあまりただでさえ低い知能が低下しまくっている。もうこの憤りをヘンな幼なじみにわからせるには、どうしたらいいのか。

「俺、フラレちまったじゃねえか！　お前の仕掛けた悪戯のせいで、山崎に勘違いされて！」

「へえ。なんだよ、言い訳も聞いてくれなかったのか」

「もうそういう次元じゃなかったんだよ！　めっちゃ地雷だったんだよ、山崎の！　お前、知ってててやったんだろ⁉」

「うん、まあ、知ってた」

再びアッサリ白状する悠馬。

これはもう、ぶん殴ってもいい案件なんじゃないだろうか。

けれど、今日は奥に人の気配がする。多分おじさんかおばさんが珍しく早めに帰ってきているんだろう。

ここで悠馬を殴ったらきっと想像以上の騒ぎになる。というか、平凡人代表の俺が完璧人筆頭の悠馬を殴れるかどうかも疑問だ。拳《こぶし》が届く前にさっと避けられるか、難なく腕を掴まえられるか、はたまた鮮やかに反撃されるかのどれかだろう——と判断できるくらいには、俺はまだ冷静だった。

「もういい、わかった」

これ以上ここにいたら、怒りで体中の血管が切れて死んでしまう。

「金輪際、お前とはもう喋らない」

「は？　そんなの無理に決まってんじゃん」

「うるさいな！　お前なんかと喋りたくないって言ってんだよ！」

俺は吐き捨てて、悠馬の部屋を転げるように飛び出した。

悠馬が犯人だったことは、もう本人の口から聞いた。けれど、それを言ったところで、山崎との関係はもう戻らない。

ああ、俺の恋はなんて短かったんだろう。告白されて、初めて付き合えただけであんなにはしゃいで、浮かれて、まるで世界中の幸福を独り占めにしたような気持ちでいた、この数日間。数日間っていうか、具体的にいえば三日間？　蝉の一生よりも短いじゃねえか。俺の恋は蝉以下だっていうのか。惨め過ぎる。あんまり過ぎる。

山崎も山崎だ。悠馬の悪戯なんかですぐに俺との関係をなかったことにしてしまうだなんて、本当に俺を好きだったらそんなのできないはずなのに。俺は最初は別に山崎のことなんか好きじゃなかったけど、告白してくれたからどんどん好きになっていったのに。勝手に成長していったこの気持ちはどこへ行けばいいんだ。

俺は悠馬を呪った。山崎を呪った。持ち物検査をした先生を呪った。そんなイベントを決めた学校を呪った。学校を作った国を呪った。国を生んだ地球を呪った。地球を作った宇宙を以下省略。

とにかく全部全部、爆発してしまえと願った。もちろん俺も含めて。

ああ、天国から地獄とはこのことだ。もしも神様がいるのなら、今朝までの幸せな日々を、頼むから返してくれ！　と困ったときだけの神頼みで、俺は太陽の見えない真っ暗な空に向かって祈った。

＊＊＊

翌朝、ほとんど一睡もできなかった俺は、目の下に盛大なクマを作ってナメクジのようにベッドから這《は》い出《で》た。一方、悠馬は何もなかったかのような顔で俺を迎えに来る。

「はよー、湊」

だけど俺は無言のまま、挨拶を返さない。

悠馬を無視してズンズン進んでいくと、勝手に後ろからついてくる。

「湊ー、マジで口きかないつもりなのか？　そんなの無理だってー、隣同士なんだからさあ」

後ろでなんらかの生命体が意味の分からない謎語を喋っているけれど、俺には理解できないし、聞こえない。

ああ、太陽の光が眩《まぶ》しい。太陽を爆発させるためには一体どんな分野に進んでどんな研究をすればいいのだろうか。そうだ、公務員なんかを目指している場合じゃない。俺は太陽をぶっ壊す研究をしなくてはいけないのだから。

　そんな妄想をしながらフラフラとボウフラのように歩いていると、背後から来た車にクラクションを鳴らされる。悠馬が慌てて俺の体を引こうとするが、俺はそのときだけ滅多にない反射神経を作動させ、悠馬——じゃなかった、未確認生物の腕からするりと逃れた。

　電車に乗っても俺は無言だ。けれど、妖怪Yは勝手についてきて、いつも通り俺の前に居座っている。

　駅に着いても、当然もう山崎は待っていない。俺は悲しみで胸に大きな穴ぼこを空けて、ノロノロと歩いていく。

　教室に到着すると、さすがに背後霊は消えていた。俺は徹底的に無視できたことに満足するが、そのとき初めて、教室の中の雰囲気が少しだけ変わっていることに気がついた。

　いや、正確にいえば教室の中にいる、女子の空気が違う。俺が入ってくると同時にこちらを注視し、クスクスと笑っているのだ。

　その輪の中心には山崎がいて、俺の顔を見てあからさまに嫌なものを見たというように顔をしかめ、プイとそっぽを向いてしまう。

　ああ、そうだった。女子の情報伝達能力は、男子のおよそ一億倍なんだった。

　俺は今日から、山崎だけでなく、他の女子からも侮蔑され、軽んじられる存在になったのだ。

信じたくはないが、目の前の光景でそれは明らかである。悠馬の悪戯のせいで、俺の高校生活は一日にして変わってしまったのだ。

「ねえ、四十八手、目の下にクマ作ってるよ」

女子の輪の中から、嘲笑《ちょうしょう》を含んだ囁きが聞こえた。

来たー。四十八手。俺のあだ名だ。四十八手に決まってしまったのだ。

カーマストラよりもマシだっただろうか。いや、どっこいどっこいか。なんだかちょっと何かの達人ぽく聞こえてカッコイイ、わけがない。

まったくもって、俺はあだ名に恵まれない人生だ。そのうち半分くらいはあのクソ幼なじみのせいなのだから、裁判所に訴えても裁判員の涙を誘って勝てるんじゃないかと思った。

昼休みになっても、女子の空気は変わらない。四十八手という囁きが耳に忍び込む度にいっそのこと携帯も何も持たず山奥にこもって瞑想《めいそう》する怪しい団体に飛び込んでやろうかという気持ちになる。

俺が暗雲を背負って席で項垂《うなだ》れていると、さすがに気の毒になったらしい友人たちがワラワラと寄ってきた。

「杉浦さあ、災難だったよな、昨日の」

「ああ……もういいんだ……あれ、俺じゃないんだよ。悪戯されたんだ。お前らは信じてくれるよな」

すると、友人たちは意外そうな表情で顔を見合わせている。

「え、そうなんだ。俺はてっきり、彼女ができて張り切り過ぎたのかと」

「そりゃめっちゃ張り切ってたよ。でも、あんなの入れるわけねえじゃん」

「でもお前、もうムッツリスケべっていうイメージついちゃってるぞ。他のクラスでもお前の噂聞いたし」

「う、嘘……」

俺は愕然《がくぜん》とした。うちのクラスだけじゃなく、そんなに広範囲に昨日のことは広まっているというのか。早過ぎる。まるで空気感染だ。

「持ち物検査のことって、そんな噂になるもんなのかよ……」

「うん、まあそれもあるけど。親のやってるとこ、見ちゃったんだろ？　それ以来盗撮ものとか覗きとかそういうのでしか抜けなくなったとか聞いたぞ」

俺は机に突っ伏した。

まさか、こんな展開を迎えるだなんて。あの未確認生命体が、反撃というか追い打ちをかけてきたのだ。

だって、その話はあいつにしかしてない。あいつから漏れる以外あり得ないんだ。そして噂は尾びれ背びれをつけてヒラヒラと華麗に泳いでいく。待て、泳ぐな、冗談じゃない！

俺に謝罪と誠意を見せるどころか、あいつは俺の繊細な少年時代の思い出までぶちまけて、俺を徹底的に四十八手にしようとしているんだ。

その発想の恐ろしさに俺は震えた。このまま無視をし続けていたら、もっと恐ろしいことになりそうだ。

けれど、こんなテロに屈するわけにはいかない。敵の残忍さに戦《おのの》きつつ、俺はもうどうしたらいいのかわからなくなっていた。

＊＊＊

「なー、もういいだろ、湊」

悠馬は帰宅後、勝手に俺の部屋に乗り込んできた。俺が逃げられないようにベッドの壁際に追い詰めて、しんどそうな顔をしている。

なんでそんな顔をするんだ。しんどいのはまったくもってこっちの方だ。

そしてもちろんテーブルの上にはいつの間にか増えていたドーナツやクッキーが置いてある。

やめろ、お前が来るとうちはお菓子の家になっちまうんだよ。

「勘弁してよ。俺、これ以上俺の湊に無視されんの耐えらんない」

「……まだ一日だろーが。あと、お前のじゃねーし」

「俺にとっては百日くらいに感じてんだよ」

大げさなことを言う悠馬にますます腹が立つ。お前、実際そんなショック受けてないくせに。俺の方が何倍も辛い目にあっているんだ。

「なあ、ごめんって」

「謝ったって許さない。っつーか、お前自分が何したかわかってる？　昔の話まで広めやがって。一体どういうつもりなんだよ」

「お前が俺を無視するから悪いんだろ。お前がまるで俺を透明人間みたいに扱うから、よしここは存在感を見せつけてやろうと」

「一体どういう存在感だよ！　そんな迷惑な存在感、感じたくねえんだよ！」

なんだって俺はこんなひどい奴とボケツッコミみたいな応酬をしているんだ。もう口もききたくないし、視界にも入れたくない奴なのに。

「お前、俺に協力してくれるって言ったのに。まさかこんなひどいことされるとは思わなかった」

「だってさ。湊が女にとられるみたいで嫌だったんだ」

悠馬が、初めて動機らしきものを口にする。

「しかも、あんなピットブル」

「ピットブルじゃないって言ってんだろーが！　せめてパグだろ！」

「パグほど可愛くない」

この期《ご》に及んで山崎を貶《おとし》める悠馬に、俺はブチ切れた。

「お前、全然悪いと思ってねえな⁉」

「いや、思ってるって」

「いいや、思ってない。そもそも、お前は自分のとった行動の何が悪かったかもわかってない！」

「うわ、随分分析してくるじゃねえか。その通りかも」

「納得してんじゃねえよ！　悠馬がオカシイのはわかってたけど、頼むからもう俺に関わらないでくれよ！」

「いやいや、関わらないのは無理だから。ていうか、無視は勘弁してくれよ」

「俺はそれだけ傷ついたんだよ！　なんだよ、女にとられるみたいって！　お前だって彼女いるのに、なんで俺にはいちゃいけないんだよ⁉」

俺の悲痛な叫びに、悠馬は目を丸くして、言葉を失っているようだった。

あまりにも意外なことを言われたという反応だ。目から鱗《うろこ》が出ましたという表情をしている。

「確かに……、そうだよな。気づかなかった。これじゃ、筋が通らない」

なんだこいつ、本当に矛盾に気がついてなかったのか。俺は驚き呆れて、毒気が抜けた。

本当に、悠馬はヘンだ。頭もよく回るし勉強もできるくせに、ヘンなところですっぽり何かが抜けている。凡人の俺に言われてようやく気づくだなんて、なんて面倒な奴なんだ。

とにかく、これで少しは俺の気持ちをわかってくれただろう。ここに来るまで長い道のりだった。

俺が疲れてぐったりしていると、悠馬はおもむろに携帯を取り出して誰かにかけている。

「あ、俺。今大丈夫？」

相手の声が僅かに聞こえる。女の子の声だ。

一体誰と話しているんだろう、と俺が耳を傾けたそのとき。

「あのさ、急で悪いんだけど。俺、お前と別れるわ」

「……はあ？」

俺は、思わず間抜けな声を出した。きっと、携帯の向こうの彼女とシンクロしたと思う。

それだけ、悠馬の行動は唐突だった。なんの躊躇《ちゅうちょ》もなく、悠馬は彼女に別れを告げた。

まるで、解を導くのに邪魔な行程だったからと、そこだけ消しゴムをかけてしまうかのように。

まさか、別れてしまうだなんて思わなかった。

俺は、ただ悠馬に、自分のしたことをわかってもらいたかったんだ。相手にしたことの重さがわからないのなら、いくら常人とは感覚の違うあいつでも、自分に置き換えさせてみたら理解できると思っていたんだ。

それなのに、悠馬は思いっきり斜め上の行動に出てしまった。

俺に別れさせたのだから、自分も別れる。それで解決。

そうアッサリと答えを出してしまったのだ。

「だからさあ。ふざけんなって話だよ。テメーが彼女にフラレたからって、なんだってこっちまでそのトバッチリ受けなきゃなんねえんだよ」

「おおお仰《おつしや》る通りですが……」

俺は今、屋上へ上る階段の踊り場で女の子に迫られていた。

字面だけ見れば美味しいシチュエーションだが、実際はまったくキビシイ状況だ。

悠馬の彼女だった町田陽菜《まちだはるな》が、そのいきさつを知って、俺に因縁をつけてきたのである。

「ま、まさか俺も、悠馬がこんなことすると思わなくって……」

「そんなわけねえだろ。お前が別れろって言ったから、悠馬はいきなりあたしにあんなこと言ったんだろうが」

町田は軽音部のボーカルだ。細くてスタイルがよくて、芸能人みたいに可愛い、悠馬と同じスーパー完璧族だ。この高校にいる生徒なら誰でも知っている有名人。明るめに染めた髪をいつも綺麗に胸元で巻いていて、近づくと甘くていい匂いがする。

顔はもう人形としか言いようがなくて、俺の好きなＩＫＢの子たちでも敵いそうにない。こんな子と付き合っている悠馬にとったら、そりゃ山崎はピットブルだろう。悲しいけれど、それは認めざるを得なかった。

確か悠馬と付き合い始めたのはこの春からのことだったと思う。悠馬が一人の女の子と付き合うのは長くても半年だから、そろそろ他へ興味が移ってフラレる頃合いではあった。けれど、きっとこんな急ではないはずだった。上手くやるあいつのことだから、別れようと決めた瞬間から、徐々に自然に遠のくように仕掛けをしていくはずなのだ。

悠馬が誰かを振るときは、同時に誰かと付き合うときでもある。だから振られた女の子は諦めざるを得ないのだけれど、今回はその鞍替《くらが》えする相手もいないのだ。しかも原因が平凡族の幼なじみとくれば、怒りの矛先がこっちにまっしぐらするのも、まあ理解できないことではない。

いやいや、原因そのものは悠馬なのだから、こうして脅《おど》し付けるならば悠馬本人にするべきだ。俺にこんな風にドスをきかせた声で迫ったって、なんの解決にもなりゃしない。

そもそも、悠馬は町田に一体なんと説明したのだろう。予想はつく、きっと巧みに自分に有利なように言ったに違いない。

悠馬はいつだってそうなのだ。もうすでに無意識なのかもしれないけれど、決して相手に自分を悪く思わせない。もしも自分が圧倒的に悪い場合であったとしても、だ。

「おおお俺には、何もできないよ……悠馬が決めたことなんだから……」

「だーかーら、お前が悠馬に、あたしとヨリを戻せって言えばいいんだよ！」

「悠馬は俺の言うことなんか聞かないし……」

「聞くからあたしと別れたんだろうが⁉」

「そそそうなんですけどお！」

俺はもう半分泣きべそをかいている。ついでに言うと怖くてちびりそうだ。

確かに悠馬は俺の主張を聞いて、町田と別れることを決めた。しかしそれは悠馬の中の規則に従ったまでのことであり、俺の言うことならばなんでもホイホイ聞くわけじゃない。

というか、俺の思う通りになんか絶対なってくれないだろう。これまでの経験を振り返っても、俺が悠馬に振り回されてばかりで、あいつが俺の言うことに従ってくれたためしなどほとんどないのだ。現に、今回の事の発端だって、悠馬があんなひどい悪戯をしでかしたからじゃないか。

けれど町田の形相はもう俺の話を聞いてくれるようなものではない。目を見たら石になってしまう怪物ってなんだったっけ？　ゴルゴーン……ゾーラ……だったっけ？　もうチーズとの区別すらつかない。とにかく、町田に睨みつけられて、俺はすっかり硬直してしまっている。身長は俺よりも少し低いくらいなのに、二メートル級巨人くらいに見える迫力だ。

「もし悠馬があたしとまた付き合ってくんなかったら、どうなるかわかってんだろうな？」

「ど……どうなるんです……？」

町田は可愛らしく整った顔を魔女みたいに歪ませて笑った。

「うちのバンドの連中、結構悪いことしちゃってる奴らなんだけどさ。そいつら、あたしの信者だから、あたしの言うことならなんでも聞いてくれるわけ」

「は、はあ……」

「わかってんだろ？」

俺の頬をすうっと人差し指で撫でながら、町田は血の滴るような声を上げた。

「お前の可愛い顔、グズグズにしてやるよ。一生残る傷つけてやる。後悔させてやる。まともな人生歩めないようにしてやる!!」

ヒイイ!!　と悲鳴も上げられず、俺は玉まで縮み上がらせた。

どうして、ここまで恨《うら》まれなければいけないのか。なんで俺は彼女に振られて四十八手になった上、更に顔をグズグズにされないとならないのか。

理不尽過ぎて死にたい。地球もろとも爆発したい。

一体どうしてこんなことになってしまったのだろう、ともう何回繰り返したかわからない問いを頭に巡らせる。数日前、俺は幸せだった。人生最高の春を迎えていた。しかしその春は、蟬の一生よりも短く終わった。

俺は町田の前から命からがら逃げ出して、その日の夜、悠馬の部屋に駆け込んだ。この前からお互いの部屋に駆け込んだり駆け込まれたりしていることに気づいて、本当にコントみたいだと思った。しかしこれは不幸にもコントじゃなくて現実なのだ。

「おい、もうどうしてくれんだよ。どうしてこう、次から次へと、問題ばっかりぽこぽこ生み出すんだよ！」

悠馬は机に向かって勉強している最中だった。当然といえば当然だ。来週からは試験なのだから。けれど、もう俺は試験どころじゃない。以前は浮かれて勉強に身が入らなかったが、今は生命の危機なのだ。赤点をとろうが落第しようが、まずこの体の無事が最優先だ。俺は生きたい。生き残りたい！

「どうしたんだよ、湊。えらく張り切ってるな」

「張り切ってるわけねえだろ！　お前の目はどーなってんだよ！」

俺がもどかしげにウガーッと頭を掻き回すと、悠馬はそれを落ち着き払って眺めながら、

「もしかして陽菜のことか？」

などと訊いてくる。

「もしかしなくてもそうだよ！　あの子、すっげえ怖いこと言ってきたよ！」

悠馬は予想していたのか、「どんなこと？」と慌てもせずに冷静に返してくる。

「お前に、ヨリ戻させろって。俺が原因なんだから、お前に言って、また付き合わせろって」

「無理だろ。だってそれ、山崎と湊もまたくっつけなきゃだめじゃん」

「だけどできなかったら、あの子俺の顔グズグズにするとか言ってんだよ！　バンドのイカレたメンバー使って、暴力振るわせようとしてんだよ！　こえぇよ!!」

「ふーん……なるほどねえ」

元彼女の本性を聞いても、悠馬は驚かない。

「俺の前では可愛こぶってたけど、やっぱそういう奴だったか」

「なあ、わかったんならやめさせてくれって！　また付き合うのは無理でも、どうにかして町田の気を宥《なだ》めてさあ……」

俺が泣きそうになりながら懇願すると、悠馬はまじまじと俺の顔を見て首を傾げている。

「そんなに怖いのか？　あいつが」

「当たり前だろうが！　俺、屋上前の踊り場まで連れてかれて脅されたんだぞ。すげえ怖かったんだから！　言葉遣いとか舌巻いてたぞ！」

それを聞いて、悠馬は不機嫌そうに、ふっと鼻で嗤った。

「湊って結構恐がりだよなあ。特に女にはさ。なんでも言うこと聞いちゃうし」

「な、何言ってんだよ……お前、もっと真剣に話聞けよ！」

悠馬がなんのことを言っているのかわからず、俺は苛立った。

とにかく、悠馬が町田を懐柔してくれなくては、俺が恐ろしい目にあうことになってしまうのだ。平和に平穏に平凡に生きてきた俺は、逆境というやつに弱かった。ここ数日は神経をすり減らされるようなことが立て続けに起こり、幸せだった数日間の落差とも相まって、落ち込みまくってマントルまで沈んでいきそうだ。

「わかった。じゃあ、真剣な話する」

「おう、そうだよ、どうにかして町田が暴走しないように……」

「あいつじゃなくて、お前。真剣な取引してよ」

「と、取引……？」

一体何を言い出すのか、と俺は身構えた。

というか、取引とか言えた立場なのだろうか、こいつは。理性では疑問に思うものの、切羽詰《せっぱつ》まっている俺はつい話を聞く体勢に入ってしまう。

悠馬は真剣な顔で、俺を穴が空くほどに見つめている。俺の手を引いて、無理矢理自分の膝《ひざ》に座らせ、俺たちは至近距離で向かい合わせになる。

一体どんな重大なことが発表されるのか。そんな雰囲気だ。ドラムが小刻みに鳴らされそうだ。

けれど、次の瞬間に、悠馬は俺の超想定外の台詞を口走った。

「キスしてくんない？」

「……は？」

俺はぽかんとした。

突然飛び出したわけのわからない宇宙語に、頭がついていかない。

キスってなんだ。いや、もちろんキスって言葉はわかってる。だけど、今この場で出される単語としてはあまりにもおかしい。文脈に合ってない。現国が底辺の俺でもわかる。

「キスって、どういうことだよ」

「そのまんまの意味だけど」

「誰が、誰に？」

「お前が、俺に」

そこで初めて、俺は悠馬の言葉の意味を理解した。

そして一気に怒りと混乱が爆発する。

「はあ――⁉　やだよ！　馬鹿か！　一体、なんで！」

「だから、町田を宥める代わりに、俺にキスしてよ、湊」

「一体なんなんだよその交換条件は⁉　っていうか、どうして俺が対価を支払わなきゃなんねえの⁉　全部お前のせいなのに！」

「なんだよ、キスひとつで丸く収めてやろうっていうのに、どうしてそんな渋るんだよ」

「渋るわ!! は、初めてなんだぞ!? ハイそうですかなんて言えるかよ!!」

あまりの超理論に俺はパニックになりかけた。悠馬の膝の上から降りようとするが、鉄の鎖みたいにがっちり腕を掴まれて全然動けない。水泳部の逆三角形マッチョに帰宅部もやしな俺が敵うはずもないのだけれど、俺だって一応男なのに、この力の差はあんまりだ。

「お前、そんなこと言って、また俺で遊んでるんだな?」

「遊んでないって。俺は真剣なの。本気だよ」

「キスなんてその辺の女の子に頼めば誰だって喜んでぶちゅぶちゅしてくれんだろうが。まじで死んで欲しいわあ」

本当に付き合い切れない。どこまで悠馬は俺をからかうのだろうか。

俺の初めての彼女を奪ったばかりか、この機に乗じてファーストキスまで奪ってやろうだなんて、根性が曲がり過ぎている。

「その辺の女なんて関係ないだろ。俺は湊にキスして欲しいんだよ」

「は、はあ……? だから、なんで!」

飽くまでもキスに拘《こだわ》ろうとする悠馬が理解できない。冗談にしては、ちょっとしつこ過ぎる。

悠馬は真面目な顔で俺を見ている。

「俺、本気だって言ってんだろ、湊」

「お、俺は嫌なんだってば！　俺は初めてのキスは、可愛い彼女と……」

「お前は、もう女なんかと付き合わない」

悠馬は無表情に断言した。その顔が、また知らない奴の顔に見えて、俺はごくりと唾《つば》を呑む。

妙な寒気が背筋を駆け上がる。おや？　これはもしや、おちゃらけている場合ではないのでは、と頭の中の何かが警告している。

「俺が付き合わせない。湊は、俺のだから」

「な……なに、言って」

「俺は、お前とキスがしたいんだよ。キスも何もかも、全部」

誰だ、こいつ。

この前この部屋に来たときも、一瞬悠馬の顔がヘンに見えて、あれっと思ったことがあった。あのときは見間違いだと思ったんだ。だけど、そうじゃなかった。

「今まで何度も言ってんじゃん。お前は俺のだってさ。女に奪われんのなんか、我慢できるわけないだろ」

悠馬が、見たこともない顔をしている。ずっと一緒に育ってきたはずだったのに、こんな顔、見たことがない。

悠馬は、周りに対して完璧にいい子な振りをしていた。だけど、俺の前でだけは、そのまんまの、性格の悪い悠馬をさらけ出していた。だから、俺だけが悠馬の全部の顔を知っていると思っていたのに、そうじゃなかった。

悠馬の目は、空っぽだった。表情がなんにもなくて、まるで血の通っていないマネキンみたいだ。真っ黒で、底がない。吸い込まれそうで、怖い。

こんな顔、悠馬じゃない。今まで悠馬はこんな顔を俺に向けたことがない。

悠馬にはまだ、隠していた顔があったんだ。そう気づいたとき、俺は突然熱い腕に抱き締められた。びっくりして、情けないことに全身が震えた。

「や、やだ！　な、何やってんだよ、悠馬！」

「お前が俺のだって、わからせてやんなきゃ……俺、これでも十分待ったんだぜ」

「何言ってんだお前！　マジで意味わかんねえよ！　日本語喋れ日本語！」

抵抗し暴れようとした体をあっさりと羽交い締めにされ、顎を摑まえられた。悠馬の大きな手にアイアンクローをキメるみたいにがっちり摑まれて、頬に食い込んだ指がめちゃくちゃ痛い。

やめろ！　と叫ぼうとした声が、出なかった。

悠馬が、俺の唇に食いついていたからだ。

「うっ……、う、んっ」

フガフガと何か言おうとしても、全然言葉にならない。

さっきキスするって言ったけど、もしかしてこれがキスなのか⁉　と意義を唱えたい気持ちでいっぱいだ。これは唇をくっつけ合うとかじゃなくて、もうかぶりつくって方が正解だった。

悠馬は俺の口に噛み付いて、俺の口の中をべろべろに舐め回してる。正直食われてる感覚以外の何ものでもないし、恐怖とおぞましさしか感じない。

「やえ、う、ううう」

ヤメロー！　と全力で叫びたい。世界の中心で叫びたい。悠馬のでかい手は俺の顔をラグビーボールみたいに掴んで離さないし、俺は歯の裏も舌の根も何もかも悠馬に味を確かめられるみたいに舐められて、当然俺の舌も悠馬の舌の味を知ってしまって、（あ、今日は夕飯の後にチョコアイス食べたんだな）とかいう知りたくもなかった情報まで感知してしまった。

俺の口を完膚《かんぷ》なきまでに舐め回し、ようやく唇を離すと、悠馬は満足げに俺の口元の涎《よだれ》を指先で拭った。

俺は真っ白になっていた。戦って燃え尽きたわけじゃなく、一方的に燃やされて灰になっていた。

「どうだった？　初めてのキス」

悠馬は、俺の反応を窺《うかが》うように、顔を傾けて視線を合わせようとする。そのやらしいニヤけ顔を見た瞬間、俺の中で小さなプライドが目を覚ました。

「へ……」

「へ？」

「ヘタクソ‼」

思いっきり怒鳴ると、悠馬は呆気にとられた後、ビシビシと顔中に怒りマークをくっつけて、「は

あ――⁉」と俺に負けないくらいの怒鳴り声を上げた。

「何言ってんだよ、誰がへたくそだって⁉　お前、童貞のくせに！」

「だってぜんっぜん気持ちよくねえし！　口の中食われただけだし！　こんなのモンスターに遭遇したのと変わんねえよ！」

自分で叫んだ言葉に、あ、と思う。

そういえば、山崎は悠馬のことをモンスターとか言ってたんだっけ。まさか、こんな展開になることを見越していたとは思えないけれど、まさしく今の悠馬は俺にとってもモンスターだった。俺はモンスターにファーストキスを奪われてしまったんだ。キスだかなんだかわからない攻撃でダメージを食らって、俺のＨＰは枯渇寸前だった。

「こんな初キスやだあー！」

「わかった、じゃあやり直し」

「そんなの、もっとやだって、わぷ」

再び、モンスターは俺の口に食らいついてくる。さっきよりももっと丹念に、歯の表面をなぞったり、顎の裏をくすぐるみたいに舌を遊ばせたり、なんか色々妙にテクニカルな動きをしてくる。

それと同時に、空いた方の手で俺のシャツを捲り上げて、脇腹《わきばら》やら背中やらを大きな手が這い回る。そんなに一度にしなくても！　とストップをかけたくなるくらい、悠馬はまるで手が何本もあるみたいに俺の体を撫で回す。

ゾワゾワして、鳥肌が立った。このモンスターは口にかぶりつく攻撃だけじゃなく、触手攻撃も持っていたんだ。対する俺は防具も武器も持っていやしない。『にげる』コマンドを何回も押しているのに、『しっぱいした！』のアナウンスが何度も表示されるだけ。

悠馬は海外メーカーの吸引力の変わらない、ただひとつの掃除機のように俺の口を吸い尽くした後、ようやく離れた。俺はもうぐったりとしてしまって、悪態をつく元気もない。

「はー。湊の口は美味い」

「そーですか……」

「ずっとこうしたかった。やっとキスできた」

悠馬は満たされたようにほうと息をつき、俺を抱きすくめて顔に頬ずりする。

「毎日キスしたい」

「ふざけんな」

「キス以上のこともしたい」

「意味がわからない」

「湊の全部を俺のものにしたいってこと」

悠馬は軽々と俺を担ぎ上げ、ベッドの上に放り投げる。その上からずっしりとのしかかり、またあの真っ黒な底なし沼みたいな顔で俺を見下ろしてくる。

俺ははっと我に返った。

「え……？　なに、何やってんの」

「お前に自覚させる。お前が誰のものなのか」

さっきから悠馬はわけのわからないことばかり言っている。俺にはひとつも理解できないし、どう返したらいいのかもわからない。

悠馬はこれまでずっとヘンな奴だった。理解不能なことを何度もしでかして、その度に俺はヘンな奴だなあと思うだけで、それほど深刻な実害がなかったのでそのままやり過ごしていた。事なかれ主義だったのである。

だけど今目の前にあるのは、紛れもなく俺自身に向かってくる危機だ。エロ魔人や四十八手とあだ名をつけられるのとは段違いの、明確な災難が俺に降りかかってこようとしていた。

「おい……やめろよ、悠馬」

「やめない」

悠馬が俺の首を吸う。また触手攻撃が発動し、手が色々動いて俺の服を脱がそうとする。

「おいってば。たまには、俺の言うことも聞けよ！」

「聞いてる。大丈夫、全部俺に任せろ」

「任せられるか！　俺は嫌だって言ってんだろ！　やめろってば！」

俺は怒りよりも恐怖で暴れた。悠馬がモンスターになって、わけのわからないことを言いながら俺を食い荒らそうとする恐ろしさに、理性は吹っ飛んでいた。ウワー!!　と手足をバタバタさせて死に物狂いで抗《あらが》った。

「湊、暴れるなよ」

「やだ！　触るな!!」

悠馬の大きな手が俺の顔に伸びる。またアイアンクローをかます気だと悟って、俺は思わずその手に噛み付いた。

一瞬悠馬が怯《ひる》んだ刹那《せつな》、俺はその体を突き飛ばして、ベッドから跳ね起きた。ここ数年で出したことがないくらい、渾身《こんしん》の力で走り出した。

「逃げるな！　湊！」

そう言われて立ち止まる馬鹿がどこにいる。俺はめちゃくちゃ必死で悠馬の部屋を飛び出して、高梨家を脱出した。

転げるように自室に駆け込んで、鍵をかけてドアの内側にしゃがみ込む。

悠馬が追ってくる気配はなかった。それでもしばらくの間、あいつの足音がドアの外に聞こえるんじゃないかと戦々恐々として、その場にうずくまっていた。ああ、確かこういうゲームがあった気がする。正体不明のウイルスに感染したゾンビみたいな連中から逃げ回るゲーム。動くと物音で悟られるから、じっとして敵をやり過ごすんだ。

そう、今や悠馬は俺にとってゾンビみたいな敵キャラだった。こんなに、誰かを怖いと思ったのは初めてだ。しかも、その相手が幼なじみの悠馬だなんて。

「一体……なんなんだよお……」

俺は混乱して、頭を両手で抱え込む。どこからおかしくなったのか。何がきっかけだったのか。もしかしてこれは夢なんじゃないのか。いつか目が覚めて、ああ怖い夢を見た、夢でよかった、と思うときが来るんじゃないのか。

あの底知れないマネキンみたいな顔が、頭にこびりついて離れない。初めて見る悠馬だった。あいつはどうしてあんな顔をするようになってしまったんだろうか。

外面が異常によくて、俺に対しては素の性格の悪さを見せていて、頭はいいのに考え方がおかしくて、ヘンな悪戯ばかりして――。だけど、俺のことは大好きで、俺のことをいつも気にかけていて、同じ高校に行きたいからと俺を必死で勉強させるくらい、俺とずっと一緒にいたくって――。

そんな悠馬とは、まるで別人みたいだった。どうしてあんなことになったんだろうか。俺に怒っていたんだろうか。

怖い。悠馬が怖い。明日からどんな顔をしてあいつに会えばいいのかわからない。いつものように会話をしても、また急にあの顔をされたら、俺はまた怖くなって逃げ出してしまいそうだ。

俺は普段比較的楽観主義で何に対してもあまり悩まない方なんだけれど、今日ばかりは頭が三回転するくらいめちゃくちゃ悩んだ。

しかし、俺の懸念は、幸か不幸か杞憂《きゆう》に終わった。

なぜなら、翌朝、悠馬は俺の家に迎えに来なかったからだ。

＊＊＊

その日から、不思議なくらい、悠馬の姿を見なくなった。

そりゃ、悠馬の教室に行けばいるだろうし、水泳部の練習を見に行けば悠馬はそこで泳いでいるだろう。だけど俺が自らそんなことをするわけもなく、俺は不思議に静かな日々を過ごすこととなった。

悠馬は本当に満員電車の中で俺をずっと庇ってくれていたらしい。悠馬と一緒に登校しなくなってから、俺は毎朝揉《も》みくちゃにされて、人生のハードモードを味わっていた。将来の夢が、公務員から、近所の区役所に勤める公務員に具体化された。

「なあ、お前らってケンカでもしてんの？」

そう訊ねてくる友人たちも少なくない。事の詳細を話すわけにもいかない俺は、「そんなことないよ」と返す他ないのだけれど、いつも何かと俺の周りをうろついていた悠馬を見かけなくなるのは、やはり周囲の人々にとっても落ち着かないものだったらしい。

それはうちの親も同様のようで、

「最近悠馬君見ないわねえ。どうしてるの？」

などと訊いてくる。

そんなの俺だって知らないから、適当に「元気だよ」と答えるのだが、毎朝迎えに来なくなったことは親にとっても少し気がかりだったようだ。

一方、俺はほっとしていた。ヘンな悠馬がますますヘンになって俺に襲いかかってきたのだから、会わないに越したことはない。

けれど、それも二日、三日と過ぎるうちに不安が忍び寄ってきて、どうして悠馬は俺に会いに来ないのかと考え始めるようになった。

あんなことをしてしまって気まずいからとか、良心の呵責からとか、そういった一般的な心情は悠馬には当てはまらない。そんなことを考えるような奴じゃないのだ。

だって、俺が怒って無視していた日だって、俺の気持ちなんか構わずに突撃してきた。俺の心情を慮《おもんぱか》るどころか、俺の怒るようなことをして気を引こうとまでした。あいつは、恐ろしく利己的で、自分独自のルールに沿ってしか動かない奴なのだ。中身だけ見れば世界は自分を中心に回っていると考える子どもそのものだけれど、更にタチが悪いのは、それを周りにまったく悟らせず、それどころか完璧な人格者として思わせられる点だ。

それじゃ、一体どうして今はこんなにも静かなのか。俺には、何かを企んでいるとしか思えなくなってきた。

悠馬のすべてを知り尽くしている、他の人が知らない悠馬のことも理解していると思い込んでいたが、今回のことでその自信は崩れ去った。

俺の知らない悠馬もいるのだと悟ったとき、悠馬の考えが、行動が読めなくなった。

だから、今ももしかすると俺の考えの及びもつかないことが起きているのかもしれない。それがなんなのかを確かめることはできずに、俺はなんとなく不安な日常を送るしかなかった。

そうこうするうちに、期末試験が終わった。もちろん、結果がいいわけはない。赤点の山を覚悟しながらも、俺は疲れ果てて、そんなことはどうでもいいと投げやりになっていた。

そして、もう少しで夏休みが始まるというときに、俺は悠馬の悪魔的な性格を思い知る。

期末テストの結果が返され始め、教室が悲喜こもごもになっていたある日のこと。

「なあ、いい加減さ、高梨のこと無視するのやめてやったら？」

クラスメイトにそんなことを言われて、俺は目が点になった。いつも気楽に話をできるような友達が、少し俺を批難するような目で見ている。

「え、何それ。どういうことだ」

「おいおい、そんなしらばっくれたって仕方ねえだろ。なんか見てらんねえよ」

呆れたように肩をすくめられて、俺は啞然《あぜん》とした。

もちろん、俺は悠馬を無視してない。無視するどころか、会ってもいないのだ。

「ちょっと待て。悠馬が、俺に無視されてるって言ってんのか？」

「はっきりとは言ってねえけど。時々、『湊どうしてる？』って訊かれるんだよ。直接訊けばいいのにって言うとさ、苦笑されてはぐらかされるんだけど、お前に気ぃ遣ってる感じだったぞ」

やられた――と思った。この始まりには、覚えがある。

すでに、俺の知らないところで悠馬の作戦は始まっていたんだ。

『暗殺』だ。悠馬が気に入らない誰かを陥れるときに使う、あの恐ろしい謀略だ。

悠馬は、決して俺を悪く言わない。それなのに、周りに俺を悪く思わせる高等技術を使っている。今まで気に入らない奴はそうやって排除していったんだ。そして、周りはそれが悠馬の企みだなんて全然気づかない。知っていたのは俺だけで、だからこそ、まさか、その罠《わな》が俺に仕掛けられるなんて思ってもみなかった。

気づいたときには、もう遅かった。

恐らく、悠馬が俺に拒否されたあの夜の翌日から、あいつは徐々に種を蒔《ま》いていったに違いない。今、それが一斉に芽吹き始めているのだ。

「四十八手って何様のつもりなんだろうねー」

全校朝礼のとき、別のクラスの女子が、俺の斜め後ろで聞こえよがしに喋っている。

「自分が彼女に振られたからって、高梨君にも八つ当たりして別れさせるなんてさ、ひどくない？持ち物検査のアレだって高梨君のせいにしちゃってさあ」

「その上無視したりしてねー。ほんっと可哀想。高梨君、最近毎日元気ないよねー」

俺は怒りのままに、喋っているそいつらを睨みつける。けれど向こうの眼力の方が強くて、俺はすごすごと前を向く。やっぱりだめだ。女子は怖い。今更ながらに、こんな恐ろしい生き物を完全に味方につけている悠馬はすごい才能を持っているのだと実感する。

そういえば、悠馬の元カノの町田陽菜はあれ以来俺の前に姿を現さなくなった。もしかして、ヨリを戻したのだろうか？　と思ったのだけれど、さっきみたいな女子の話を聞いているとそういうことでもないらしい。あの夜、『取引』の通りにキスをされたために、悠馬は律儀に約束を守って宥めてくれたのかもしれない。けれど、もう町田のことはどうでもよくなっていた。

俺の周囲は、いじめのような明確な嫌がらせはしてこないものの、なんとなくよそよそしくなったり、冷たくなったりして、俺は教室に一人ぼっちでいることが多くなった。

いや、多分、俺自身の口数が少なくなったせいもあるのかもしれない。またおかしなことを言われたりするのが嫌で、俺は積極的に皆と話さなくなった。

ああ、これが『暗殺』なのか。自分にされてみて初めて、俺はこの策略のいやらしさを知った気がする。

仕掛けられた相手は、周りと噛み合わなくなることで、自分の中に引きこもり始めるのだ。今の俺がそうだった。他人と正常な関係を構築する自信を失っているから、どんどん暗くなっていく。喋らなくなってしまう。自ら壁を作ってしまう。

この計略は、誰もが使えるわけじゃない。普段から周りに愛敬を振りまき、完璧な人間として認識されている悠馬だからこそ、可能なのだ。

悠馬は普段誰の悪口も言わない。困っている人がいたら積極的に助け、誰かに何か言われずとも、その気配を事前に察知して手を差し伸べる周到さ。それをこなし、周りから確かな信頼と尊敬を得ている悠馬だからこそ、皆が操られてしまうのだ。

俺は放課後、先生に呼び出された。先生の担当している物理準備室に招き入れられ、この前の持ち物検査で没収されたコンドームと四十八手の本を返された。

「まあ、青少年の興味をどうこう言うつもりはないが、学校に持ってきたらいかんだろ」

中年太りの腹を揺すって、先生は苦笑している。俺は惨めな気持ちになりながら、それでもせめて先生にだけは信じて欲しいと、勇気を出して口を開いた。

「先生。これ、俺のじゃないんです」

俺は下を向いて言った。

「入れられたんです。悪戯で……」

「ああ……高梨、か?」

どきり、と心臓が大きく鳴った。思わず顔を上げると、なんとも言えない表情の先生と目が合った。

「先生、どうして知ってるんですか！」

「いや……あいつがそう言いに来たんだよ」

「ゆ、悠馬が……⁉」

「杉浦、お前近頃、持ち物検査の件で色々言われているらしいな。高梨は、それを心配して、俺に『あれは自分のものだ。悪戯で入れたんだ』と言ってきたんだ」

あまりに予想外の展開に、俺は棒立ちになった。

俺を陥れようとしている悠馬が、俺を助けようとしている？　いや、そんなはずはない。それなのに、どうしてそんなことをしたんだろう？

俺はひどく混乱していた。けれど、次の先生の言葉で、すべてがわかった。

「だがなあ。まさか、お前が本当に高梨のせいにするとはな」

俺は、最初先生が何を言っているのか理解できなかった。

「高梨が入れたんじゃないことくらい、俺もわかってるよ。あいつはそんなことをする生徒じゃないからな。ただ、仲の良いお前を庇って、わざわざそう言いに来たんだろう」

「ち……違う……違います……！」

「罪をかぶろうとしてくれる友達を、お前は利用するつもりなのか？」

先生は悲しそうな目で俺を見た。その表情を見て、俺は愕然として、何も言えなくなった。

「お前が、正直になってくれることを祈っているよ。そうすりゃあ、周りだってわかってくれるはずさ」

返されたものは、駅前のゴミ箱に投げ捨てた。

先生は、俺が何を言おうと、きっと悠馬を信じるだろう。いや、正確には、悠馬が創り上げた高梨悠馬という完璧な生徒の偶像を。

悠馬の『地ならし』は、こういうときに絶大な効力を有していた。悠馬への信頼、その高い評判が、すべてを悠馬が有利な方向へ導いていくのだ。

友達にも蔑まれ、先生にも信用されず、学校は俺にとってひどく息苦しい場所になってしまった。明日、また登校しなければならないことを考えるだけで胃が痛くなる。また新たな悲劇が待っているかもしれない。悠馬が次にどんな手を打ってくるのか、俺には想像できないし太刀打ちもできないのだ。

休んでしまおうか、と一瞬思った。どうせもうすぐ夏休みなのだし、一ヶ月も経てばきっとほとぼりは冷めているはずだろう。

けれど、悠馬の魔の手が伸びていたのは学校だけじゃなかった。

バイトから帰り、クタクタの体をベッドに沈めていると、ドアがノックされた。

「ちょっと湊、話があるんだけど」

ドア越しに、どこか遠慮がちな、緊張したような声がする。こんな風に母さんが部屋までやって来るのは珍しい。やっぱり、試験の結果がよくなかったから、怒っているのだろうか。

どうぞ、と声をかけると、母さんは静かに部屋に入ってくる。そして、ベッドの上に座り直した俺の前まで来て、小さくため息をついた。

「あのね……母さん、聞いたんだけど。持ち物検査の話」

「え……？」

ざわっと体中が総毛立つ。

まさか、母さんにまで何かを吹き込んだのか。学校の中だけでなく、俺の家にまでやって来て、種を蒔いていったのか。

ここまでやって来るなんて、悠馬は本気だ。本気で、俺の居場所を奪うつもりなんだ。

「悠馬が……何か言ってたの？」

母さんは少し逡巡《しゅんじゅん》した後に頷く。

「あんたたち、ケンカでもしてるの？　悠馬君がはっきりそう言ったわけじゃないけどね。悠馬君、あんたに会いたくても会えないって言ってるから、話聞いたのよ。そしたら、そのときに、持ち物検査の話を聞いたの。母さん、びっくりした。あんたは、その……そういうことに、興味がないものだと思い込んでいたから」

明らかに俺に気を遣って気まずい思いをしている母さんの様子に、俺は恥ずかしさと情けなさと、悠馬への怒りで泣き出しそうになる。

母さんには、最も知られたくないことだった。俺が家族の間で性的なものに関心のない無邪気な子どもでいようとしていたことを、悠馬は知っている。それを逆手に取ってこんな嫌がらせをするだなんて、なんていやらしい奴なんだ。なんて底意地の悪い奴なんだ。あいつは、悪意の塊だ。本物の悪意の恐ろしさを、俺は初めて味わっている。悠馬は悪魔だ。モンスターだ。

様々な思考が脳内を嵐のように荒れ狂って、俺はパニックになった。顔面蒼白の俺を、母さんはなんとも言えない表情で見つめている。

「こういうことは、同性の親の方がいいんだと思って、父さんに相談しようかと思ったんだけど……でも、やっぱり悠馬君とのこともあるし、あんたに直接話を聞いておきたいと思って。どうして、学校に持っていったの？　おかしな子と付き合っているんじゃないでしょうね？」

「ち、違う……それ、違うんだよ母さん」

本当のことを話そうとして、口をつぐむ。今日の教師の反応を思い出したからだ。

信じてもらえないかもしれない。ただのその場しのぎの言い逃れだと思われるかもしれない。母さんは悠馬を気に入っているし、もしもあれは悠馬の悪戯だったと言って、頭からそれを否定されてしまったら、俺は今度こそ立ち直れなくなる。悠馬の方を庇われたら、俺は馬鹿みたいに泣き喚《わめ》いてしまいそうだ。

「何が違うの？　湊」

「そ、それは……」

どうすればいいのかわからず、俺は黙り込む。母さんはしばらく俺の言葉を待っていたけれど、俺が何も言えずにいると、またため息をついた。

「母さんには話せないことなのね。別にそれでもいいのよ。あんたがあんまり無邪気だから、年頃の男の子だってこと、忘れてたの。ただ、ヘンな子と関係を持つのはやめなさいね」

母さんの諦めたような台詞に、俺はトマトみたいに真っ赤になったと思う。いちばん嫌だったのはこういう会話なんだ。こういう話をしたくなくて、俺は性的なことなんか絶対に家に持ち込まなかった。親に、いやらしい子と思われるのだけは、嫌だった。俺を見る目が変わってしまうのが、嫌だった。それなのに、『ヘンな子』のせいで、俺はこんな苦境に立たされることになったんだ。

こんな関係なんか、俺だってやめたい。あいつとはもう関わりたくない。

だけど、悠馬とはもう物心ついた頃からの付き合いで、関係をやめるやめないっていう次元じゃないんだ。家も隣同士だし、どうしたって逃げられない。学校も同じで、俺の周りは皆あいつの思うつぼで――四面楚歌《しめんそか》って四字熟語がぴったり当てはまる状況だ。どうやったって、逃げられっこない。

「とにかく、悠馬君とは早く普通に話しなさい。あの子は本当にいい子で、今回もあんたのこと悪くなんか言わなかったけど、どうせケンカの原因は湊なんでしょう？　いつだってワガママなのはあんたなんだから」

一方的に決めつける母さんに、俺はますます追い詰められる。

言いたいことがたくさんあるのに、頭の中でノイズがうるさくて、何も考えられない。口から何も出てこない。母さんも父さんも、いつだって俺を信じてくれていたのに。成績が悪くたって近所の人に挨拶ができなくたって、湊は仕方ないなあと言いながら俺のすべてを受け入れて愛してくれていたはずだったのに。

俺が何か言おうとする前に、母さんは続けて説教する。

「悠馬君がこれまでどんなにあんたの世話してきてくれたか、忘れたの？　さっさと仲直りしなさい。七つか八つの子どもじゃないんだから、いつまでも意地張ってたって仕方ないでしょう」

「ち、違う……そうじゃない」

「だめよ、言い訳したって。悠馬君のあんなに辛そうな顔初めて見たのよ。ずっとあんたに色々してくれてたのに、だめじゃないの。最近ずっと顔見ないからどうしたのかと思ってたら、こんなことになってたなんて……悠馬君が優しいからってあんまり困らせたら、母さん承知しないからね」

「俺のせいじゃない！」

俺はとうとうブチ切れた。ギリギリで堪えていたものが、爆発した。

いきなり大声を出した俺に、母さんは驚いて、目を丸くしている。

一度溢れ出すと止まらなくなって、俺は火のような勢いで捲し立てた。

「全部あいつが悪いんだよ！　なんでも俺のせいにして！　あいつは皆の前ではいい子ぶってるけど、本当は悪魔みたいな奴なんだよ！　どうして皆俺ばっかり責めるんだよお！」

「ちょっと、落ち着きなさいよ、湊」

呆れ果てた顔で、母さんは首を横に振った。

「それじゃあ、あんたはなんでそんな悪魔みたいな子と今までずっと仲良しだったのよ」

俺は沈黙した。母さんの言うことはもっともだった。

なんでだろう。なんで、俺はあんな奴と今までずっと一緒にいたんだろう。

俺は自問自答する。

家が隣同士だったから？　同い年だったから？　スーパー完璧マンだから？

もちろん、それもある。けれど、あいつがあんな奴だってわかってても一緒にいたいちばんの理由は、あいつが俺のことを大好きだったからだ。

悠馬はくだらない悪戯を仕掛けてきたりはしたけれど、今回みたいな徹底的にやる『暗殺』なんかを、絶対に俺にはやらなかった。あれは、悠馬が嫌いな相手にだけ向けられていたんだ。

俺はいちばん安全な場所で、悪魔みたいなあいつを、上手く扱っている気になっていたんだろうか。そういう部分がなかったわけじゃないけど、でもそれが全部の理由じゃない。

物心ついた頃にはもう一緒にいて、隣にいることが当たり前みたいになっていた。悠馬は、俺にとって、もう家族みたいなものだったんだ。

悠馬はヘンな奴で、困った奴だったけど、それでも一緒にいて当然の存在だった。俺の手を握って歩いて、過剰にじゃれてきて、それが俺の日常で——。

「何があったか知らないけど、早く元通りになんなさい。それがいちばんなんだから」

何も知らない母さんは、黙り込んだ俺を持て余して、そう言いおいて部屋から出ていった。

「元通り……」

俺だって、元通りに戻れるのなら戻りたい。

けれど、悠馬はそれを許さない。だから、俺は逃げたんだ。

それなのに、周りはこぞって仲直りしろ、元通りになれと言ってくる。

それが悠馬の狙いなのだろう。俺の居場所をなくして、どこへも行けずに、結局自分の許に泣きついてくるように。それが最も楽な道なのだと、俺に教え諭そうとするように。

ああ、なんて奴を敵に回してしまったんだろう。これぞ可愛さ余ってなんとやら、なのだろうか。

もう、心の中で現状を笑って、おちゃらけて、自分を落ち着かせることもできなくなっている。

いや、もうそうするしかないのだ。笑ってしまえ。こんなこと、大したことじゃないと笑い飛ばせ。山崎にフラレたときだって、悠馬に口の中を舐め回されたときだって、俺はそうやって頭が爆発するのを未然に防いだのだ。逃避だって重要な防御だ。全部真っ向から受け止めていたら、人間なんて脆《もろ》いんだからすぐに壊れてしまう。

平凡で、平和で平穏な日々を生きてきて、将来の夢は公務員のつまらない人間、杉浦湊。

少しだけ波風が立つのを望んだときもあったけれど、こんな大波全然望んでなかった。このまましゃ、流されて、溺れるだけだ。

そんなことを考えたせいか、その夜、俺は久しぶりに皐月ちゃんの夢を見た。

弟がヘンでごめんね、と謝ってくるのかと思いきや、皐月ちゃんは真っ黒な長い髪を広げて川にプカプカ浮いたまま、真っ青な顔で俺を睨みつけているだけだった。

俺を、というよりも、俺の後ろにいる誰かを。

＊＊＊

翌日、俺は学校をサボった。

制服を着て、鞄を持って、行ってきますと言って家を出て、そのまま電車に乗って終点まで降りなかった。車内でイヤホンから音漏れしている奴がいて、その曲がＩＫＢのものだとわかったとき、俺はろくに新曲も追いかけられていないことに気がついた。あんなに好きだったのに、正直、もうどうでもよくなってしまっていたんだ。

最初は混んでいて苦しかった車内も、最後の駅に近づくに連れて乗客もまばらになり、とうと う車両には俺一人になった。

車窓の外には見たこともない田園風景が広がっていて、俺はほっとするような、寂しいような心地を覚えた。少し遠くまで来るだけでこんなに田舎になるだなんて、知らなかった。

改札機が二つしかない小さな駅に降り立つと、足がフワフワと浮いていて、地面についていない感じがした。

これまで一度も学校をサボったことのなかった俺は、今自分が制服を着て、皆が授業を受けている時間に見知らぬ町にいることが、なんだか愉快になってくる。

人もまばらな駅前の、寝ぼけたような商店街を抜けて、住宅街を横切り歩いていくと、電車の中から見えた、小さな川を挟んだ田畑が見えてきた。

俺は河川敷に鞄を放り投げて、寝転がった。こうしていると、空だけが見えて、気持ちがいい。自分がちっぽけな存在に思えて、悩んでいるのが馬鹿らしくなってくる。自分が高校生だとか、杉浦湊だとか、今何をするべきなのかとか、そういったことからすべて自由になって、解き放たれている気がする。

自由。自由ってなんだろう。今までそんなこと、考えたこともなかった。だって俺は、子どものままだったから。何にも縛られずにただ遊び呆けていた子どものまま。周りに流されるままに生きてきて、波風立てずにここまで来た。だから、自由がなんだとかそういうテツガクとは無縁だった。

ただ、今は学校という場所から弾き出されて、今までいた場所が囲いの中だったことを悟っただけだ。少しだけ、俺は大人になった。

ふと、昔こうして、俺と悠馬と皐月ちゃんの三人で、原っぱに寝転がって遊んだことを思い出す。ただゴロゴロと草の上を転がって、相手にぶつかるだけの遊び。それだけなのに、すごく楽しかった。

仲直り——元通り。皐月ちゃんがもういないのだから、完全に元通りになることはない、俺たちの世界。悠馬はひとつ欠けたこの世界の上に、またヘンな色の絵の具を塗りたくって、無理矢理そこにある風景を変えようとしている。

そんなの、無理なのに。人の心は、そう簡単には変わらないのに。

ぼけっとした俺でも、ここに来てようやく気づいた。

悠馬は俺のことがずっと大好きだった。でもそれは、俺が考えていた大好きとはまったく違うものだった。俺が女の子に告白されて付き合ったせいで、悠馬はそれを叫ばざるを得なくなったんだ。

「何やってんだよ」

視界を、昏《くら》い影が遮《さえぎ》る。俺は特に驚かない。

追いかけられていることは、知っていた。

「お前と、皐月ちゃんと遊んでた頃のこと、思い出してた」

「皐月？」

嫌な言葉を聞いたというように、悠馬の眉間《みけん》に皺《しわ》が寄る。

「なんだ。俺のことだけで頭いっぱいになってるかと思ったのに、あんな奴のことなんか考えてたのかよ」

「あんな奴ってなんだよ。お前の姉さんだろ」

「俺はあいつ、嫌いだったんだ。知ってただろ」

悠馬は俺の隣に腰を下ろす。もちろん制服姿のままだ。俺をサボらせる元凶の悠馬とこうして並んで青空を見ていることが、なんだか滑稽《こっけい》だった。

悠馬はなんで俺を追いかけてきたのだろうか。もしかして、家出するとでも思ったのだろうか。母さんにまで特攻かけて、俺の最後の逃げ場まで奪おうとしていたくせに、学校をサボってまでこんなところについてくるなんておかしい。ヘンだ。

「そういえば、そこに川があるな」

悠馬の声は微《かす》かに笑みを含んでいる。

「ここで泳ぎたかったのか？　湊」

「冗談言うなよ。絶対無理」

「なんで」

「だって……」

俺は水が苦手だった。苦手というより、なんだか怖かった。

ああ、そうだ。今思い出した。

皐月ちゃんが川で溺れたから、俺は水が怖くなったんだ。水が人を殺すものだなんて、知らなかったから。それまでは何も考えずに泳げていたのに、怖くなった。

最近皐月ちゃんのことをよく思い出すのは、俺があの頃に戻りたいと思っているからなのだろうか。皐月ちゃんに、助けを求めているのだろうか。皐月ちゃんが、唯一悠馬に勝てる存在だったから。俺のお姫様だったから。

でも、もう無理だ。皐月ちゃんは助けてくれない。とうの昔に、天国に行ってしまったのだから。

「お前……なんでこんなことすんだよ」

「なんのこと？」

悠馬の声は飄々《ひょうひょう》としている。久しぶりに声を聞いたはずなのに、まるで毎日普通に喋っていたみたいに相づちを打ってくる。

俺は、堪え切れなくなった。

「もう……勘弁してくれよ」

本当に疲れた。もう無理だ。顔を両手で覆って、大きく息を吐く。

「許してくれよ……」

河川敷に沿って立ち並ぶ木々が風に吹かれてさやさやと鳴いている。解放されていた意識が、戻ってくる。逃げている自分の無様さを、徐々に認識し始める。

悠馬は『現実』だった。俺はそこから逃げ出してきたのに、現実の方が追いかけてきた。俺を最後まで追い詰めるために。俺をどこへも行かせないために。

「最初からそう言えばよかったのに」

馬鹿だな、といつも呆れた声で言う口調そのもので、悠馬は俺に説教する。

「俺を拒んで逃げるから面倒なことになったんだろ？　逃げるなって言ったのに」

全部、俺が悪い。悠馬は本気でそう思っている。そういう声音だ。

「謝れよ」

「え……？」

俺は思わず手の覆いを取って、霞《かす》む目で悠馬を見た。

また、あの顔だ。俺の知らない悠馬の顔。無表情で、マネキンみたいな、真っ黒な目で俺を見る、モンスター悠馬。

「謝れ。ごめんなさいって言えよ」

絶対におかしいってわかってる。俺が謝らなきゃいけない立場なんかじゃないって、誰よりも自分が知ってる。

だけど、悠馬の世界では、悠馬が白を黒と言えば、それは黒だった。そして、そのルールに従わない奴を、悠馬は絶対に許さない。

俺が謝ることで、悠馬の攻撃は終わるのだ。そうすれば、俺はきっと居場所を取り戻すことができるだろう。学校にも家にも居心地の悪さを覚える日々は終わる。

俺は疲れ果てていた。身に覚えのないことで責め立てられ、批難され、後ろ指を指されることが辛かった。俺を甘やかして猫可愛がりしている母さんにまでお前が悪いと罵《ののし》られたとき、俺は限界に達した。

そう、もう嫌なんだ。こんな日常は。以前に戻りたい。何もなかった平穏な日々に。たった一言でこの苦しみが終わるのなら、それはお安い御用だった。

「ご、めん、なさい」

俺の声は掠《かす》れていた。項垂れて呟いたので、声は河川敷の芝生に吸い込まれた。

悠馬がじっと俺を見つめている気配がする。神の審判を待つような気持ちで、俺は固まっていた。

「わかった。許してやる」

顔を上げると同時に、抱きすくめられる。その熱くて乾いた皮膚の感触に、無理矢理キスをされたときの恐怖が蘇った。

「これからは、俺の言うことに逆らうなよ」

耳元で、悠馬が優しく囁く。俺はびくりと震えて、そのまま小さく頷いた。

俺は悠馬の奴隷になったのだろうか。だけど、他にどうすりゃよかったんだ？

＊＊＊

俺はテレビで見たフィヨルドランドペンギンの生存競争のことを思い出している。突き落とされて、巣から転げ落ちた雛は死ぬしかない。じゃあ、強い方の雛に気に入られた弱い雛はどうだろう？　大人しくしていれば、守ってもらえるかもしれない。けれど逆らってしまえば、やっぱり巣から落とされて死ぬだろう。

俺は生きたかった。このわけのわからない世界で平穏無事に生きるために、俺はわけもわからずに謝り、従った。

「な、なあ……ほんとに、やんなきゃだめなのか？」

俺の声は泣いているように揺れている。というか、実際俺は泣いていた。

俺の汚い泣き顔なんかを見ても、悠馬はまるで心を動かされない。それどころかうっとりした顔で微笑んでいる。

「だめ。大丈夫、気持ちよくする」

悠馬は俺を学校に連れていかず、そのままラブホテルに連れ込んだ。田舎のラブホは寂れていて、受付には目もろくに見えなそうなおばあちゃんが一人だけちんまりと座っていて、俺たちが男同士だということや、制服を着ているということも、別にどうでもよさそうに部屋の鍵をヒョイと渡した。

俺はこんなところには初めて入ったけれど、小さな部屋は案外綺麗に片付いていた。やたらピンク色の壁だとか真っ赤なサテンのカーテンだとかを除けば、普通のホテルみたいに見えた。

悠馬は部屋に入るやいなや俺をぎゅっと抱き締めて、例の食いつくようなキスをした。またベロベロに口を舐め回されて、俺は必死で逃げ出したいのを堪えて、耐え抜いた。でも、こんなところに連れてこられたからには、当然これだけじゃ終わらないこともわかっている。

「う、うう、いや、なんだけど。俺、お前と、そういうこと」

怖くて仕方がなくて、俺は最後の抵抗を弱々しく試みた。

「また、逃げるのか？」

悠馬の底なし沼の目。俺は震え上がって、ますますみっともなく涙をこぼす。

「可愛い、湊」

悠馬は、俺が怯えているのを見て、興奮している。日に焼けた頬が上気して、目が潤んで光っている。

「逃げるなよ。大丈夫。お前の居場所は、俺が作る。お前が、ちゃんと俺の言うこと聞いてたら」

悠馬は俺を宥めすかすように優しく囁いて、ベッドに押し倒した。

シャワーなんて、浴びさせてもらえなさそうな雰囲気だ。俺が逃げられないことなんか知っているはずなのに、悠馬は河川敷からずっと俺の手を握っていた。もちろん、ずっと前から悠馬は俺の手を握っているのだけれど、俺を逃がすまいとするその気迫が、大きな手の平から伝わってくるようだった。

「湊、可愛い。俺の湊……」

ボタンを引きちぎるみたいに性急に外されて、制服のシャツを脱がされる。首筋やら鎖骨やらに唇を落としていって、乳首を含まれたとき、俺はなんとも言えない惨めな気持ちになって、また泣いた。

悠馬は俺の乳首を吸いながら、ベルトを外して、トランクスまで全部一気に足から抜いた。

「湊、胸、感じる？」

俺は怯えながら首を横に振る。くすぐったいけれど、気持ちいいかよくわからない。

「お前、まだなんにも知らないんだもんな。俺がこれから全部教えてやるから」

男が女の子みたいに、胸で感じるようになるのだろうか。よくわからないが、なったらなったで、それは困る。

悠馬は恍惚《こうこつ》とした表情で、全裸になった俺の体をまさぐった。その手つきがあまりに執拗《しつよう》で、俺のすべての形を覚えようとしているようで、得体の知れない不安に脅《おびや》かされる。

「可愛いなあ、湊は……すげえ興奮する」

「は、裸なんか……何回も見たことある、だろ」

「全裸なんて、せいぜい小学生くらいが最後だろ。そりゃプールとか行けば見るけどさ……勃起したらヤバイし、こんなにちゃんと見たことなかった」

勃起、という言葉に息を呑む。俺の貧相な体なんか見て、悠馬は勃《た》つのか。一体いつから、俺をそういう目で見ていたのだろうか。

「お、お前……俺、なんかで、勃起すんの」

「するに決まってんだろ。っていうか、もうしてる」

ギョッとする俺を笑いながら、悠馬は自ら服を脱いで、それを見せた。

俺は、悠馬の勃起したものを初めて見た。悠馬のはでかかった。しかも、なんか形がかっこよ

かった。真っ直ぐに上を向いていて、皮も当然剝《む》けていて、亀頭と幹のバランスもスタイリッシュだ。ちんこから「キリッ」って擬態語が聞こえてきそうな、イケメン具合だった。スーパー完璧マンはこんなところまで完璧なのだ。でも、そんなこと全然知りたくなかった。

　悠馬がホモじゃないことはわかってる。これまで付き合ってきたのも当然全員女の子だ。もしホモだったら女の子を恋人にはできないし、セックスだってできないと思う。

　それなのに、悠馬は俺相手に勃起していた。俺の体を撫でているだけで興奮していた。どうしてなんだろうと思うけれど、それを知ったところで悠馬が萎《な》えてくれるわけじゃないので、俺は何も聞けなかった。

　悠馬はそんな状態になりながらも、俺の体を撫でることに夢中で、俺のちんこも勃たせようとして、散々こね回した。けれど恐怖で縮み上がっている俺のそこはうんともすんとも言わない。

　悠馬は口に含んでしばらくくちゅくちゅとしゃぶっていたが、食われるような気がしてめちゃくちゃ怖くて、曲がりなりにも初めてのフェラチオなのに、俺はまったく不能状態だった。

　俺を勃起させることを諦めた悠馬は、俺が最も恐れていたその場所を開拓しようと試みた。脚を大きく広げさせて、腰の下にたくさんある枕《まくら》のひとつを突っ込んだ。さらけ出された股間の奥にある、俺のいたいけな器官が恐怖でますます硬く窄《すぼ》まった。

「う……、やっぱ、そこ、使うのか」

「いきなり突っ込んだりしねえから、安心しろよ」

悠馬は指をしゃぶって濡らして、尻の狭間にゆっくりと埋める。俺は小さく呻《うめ》いた。

「どう？ 湊」

「どう、って……指、入れられてるの、わかるよ」

指一本入れられて、その違和感に顔をしかめる。中でぐにぐにに動かされると、妙にゾワゾワする感覚があって、俺は枕に顔を押し当てて耐えた。悠馬の指がちんこの付け根を押す度に、じんと痺《しび》れるような、曖昧な快感がある。俺が少しだけ反応したのに気をよくして、悠馬は指を増やしていく。

けれど、最初なんとなく気持ちいいかな？ と思った感覚も、入り口を（出口のはずなのに！）拡げられる痛みに呆気なく消え去った。

「痛い、痛いよお、悠馬」

「痛い？ まだ指三本なんだけど」

「無理、無理だよお」

俺は惨めにぼろぼろと涙を溢れさせる。こんなところに、あんなデカイものを入れるなんて絶対に無理だ。尻が爆発する。

けれど、それでも俺は我慢しなければいけないのだ。だって逃げれば、悠馬は容赦なく俺を追い詰めて、俺は居場所を失ってしまう。だから、どんなに痛くても、怖くても、おぞましくても、俺は歯を食いしばって耐えなければならない。

そんな風に考えたら、涙が溢れて止まらなくなった。絞首台に上る死刑囚のような気持ちで、脚を広げた無様な格好のまま、俺は嗚咽《おえつ》を漏らした。

「湊、泣くな。楽になるやつ、使うから」

泣きじゃくる俺に何度もキスをして、悠馬は鞄の中からボトルや包みを取り出して、ローションのように粘ついたものを手に取り、そこに何か混ぜている。

「お前のために使おうと思って、持ってきた。これでもう痛くなくなる」

俺の腰を一層高く持ち上げて、いわゆるマングリ返しみたいな格好にさせて、開いたそこの中ににゅるにゅると流し込んでいく。その気持ち悪さに唇を噛んで耐えながら、俺はそれがなんなのかわからなくて、不安で仕方なかった。

「そ、それ、大丈夫なのか。体に、悪くないのか」

「大丈夫。いちばん大切な子にぶっつけ本番で使うほど馬鹿じゃない」

ということは、悠馬は試したのだ。他の女の子で。

前の彼女か、その前の前の彼女からか、もっと以前からかは知らないけれど、あの子たちはお尻も処女じゃなかったのだ。俺の実験台にされたために。

最低過ぎる。さすがに同情する。だけど俺には女の子たちを思いやる心の余裕がない。なんでそのときもっと拒絶反応を示して、ここはそういう目的で使う場所ではないと悠馬に悟らせてくれなかったのか、という恨みまで覚え始める。

ふいに、尻の中がムズムズすることに気づいた。体がじわじわ熱くなって、クーラーの効いた部屋なのに汗が滲んでくる。

「う、な、なんか、おかしい……どうしよう」

「中、熱い？」

「体全部、熱い……怖い、悠馬、怖いよ」

今まで感じたことのない感覚に、俺は怯えた。もしかしてこれは、媚薬というやつなんじゃないだろうか。いきなりこんな風に体が熱くなるなんて、絶対ヘンだ。

ふと見てみたら、ちんこもゆるく勃ち上がっていて、俺は悠馬が使ったものが媚薬だと確信する。さっきまで萎えていたのにこんな風になるなんてそれ以外あり得ない。それにしても、こんなエロ漫画みたいなことが俺の身の上に起きるなんてと衝撃を受けた。

「柔らかくなった……。湊、もう痛くないだろ？」

「う、うん、で、でも……」

悠馬に指を入れられても、もう痛くはない。けれど、中の方が妙に疼《うず》いて、じんじんして、痒《かゆ》いようなもどかしいような感覚が徐々に大きくなっている。

いつの間にか、俺は汗をかいてハアハア大きく息をしていた。だんだんまともにものが考えられなくなってきて、さっきまでの恐怖だとか惨めな気持ちだとか、そういうものが興奮にすり替わっていることに気がついた。

「もう、いいか……ゆっくりするから、痛かったら言って」

悠馬は指を抜いて、いよいよあのデカイのを突っ込もうと俺にのしかかる。

服を脱ぐと驚くほどムキムキな悠馬に乗っかられて、俺はまた僅かに追い詰められるような恐怖を覚えた。

悠馬がゴムをはめた自分のアレを俺の尻にあてがう。あ、と思った次の瞬間には、ぶちゅっと音を立てて、とてつもなく大きなものが俺の中に潜り込んできた。

「ひ……」

そこを拡《ひろ》げられた瞬間、俺はヘンな声が出た。指三本でも痛かったのに、あんなでっかいのを突っ込まれて、ちんこの太さに拡げられて、それなのに——めちゃくちゃ気持ちがいい。

「大丈夫か、湊……」

「だ、いじょ、ぶ」

それ以上を声を出したら、妙な音が出てしまいそうで、俺は切れ切れに喘《あえ》いだ。

悠馬は限界まで我慢していたのか、すごく苦しそうな顔をして、ゆっくりと俺の中に埋めてくる。じわじわと疼いていたそこを大きなもので掻《か》き分けられて、俺は快感のあまりブルブルと震えた。

「はあ、あ、あ……」

掻き毟《むし》りたいほど痒かったところを掻いてもらったような、あの感じだ。もっと強くしてもいいくらい、もっとひどくしてもいいくらい、気持ちがいい。それなのに、もどかしさがやけに大きく募ってきて俺は無意識のうちに身悶《みもだ》える。

「う、ううっ……！」

ずん、と腹の奥まで届く感覚があった。その充足感に、俺は堪《たま》らず大きく声を出してしまう。

悠馬は分厚い胸板を忙《せわ》しなく上下させて、俺の中に全部入れたまま、フウフウ荒い息をしている。

そのとき、あ、と俺は今更馬鹿みたいなことに気がついた。

俺、悠馬にちんこ突っ込まれてる。これって、セックスなんじゃないか、って。

「ああ……湊の中、気持ちいい……」

悠馬は切れ長の目をウルウルさせて、今にも涙をこぼしそうな顔をしている。

「すげえ。俺、今、湊の中にいるんだな……」

悠馬は悠馬で、俺に突っ込んでいるこの状況を再確認し、感激しているらしい。俺は、初めてのキスも、初めてのセックスも、悠馬に奪われてしまったという現実に、半ば茫然自失《ぼうぜんじしつ》となっていた。

「湊……」

「んう」

悠馬が、唇にかぶりついてくる。口の中まで敏感になっているのか、最初みたいに食われるようなおぞましさだけじゃなくて、上顎の裏を舐められて、舌を啜《すす》られて、なんだか脳が蕩《とろ》けるみたいにいい気持ちになってくる。

「ん、ふ、んん……っ」

くちゅくちゅ、口の中で音がする。もっと気持ちよくなりたくて、俺は気づけば悠馬に自ら舌を絡ませている。

悠馬が、徐々に動き始める。腰を揺すられる度に、デカイので中のじゅくじゅくした粘膜を掻き回されて、俺は堪らずに鼻息を荒くした。

「ふううっ、ふうっ、んっ、ううっ」

悠馬の動きが、大きくなっていく。最初は様子を見ながらゆるゆると動かしていたのに、だんだん奥を抉《えぐ》るみたいな動きになって、ベッドの軋《きし》む音も大きくなっていく。

「ううっ！　はあっ、あ、あうっ、あ、あっ」

「はあ、はあ、湊、湊っ……！」

口を離すと、抑え切れない声が大きく漏れた。全身から汗が噴き出して、尻の中がぐちゃぐちゃで、信じられないほど気持ちがいい。

こういうのが、女の子の快感なんだろうか。今までの俺のオナニーでは、こんな感覚は味わったことがない。悠馬は床オナすんなって言ったけど、そんなものよりずっと気持ちがいい。

指を入れられて痛かったのがすでに遠い過去のように思えるくらい、悠馬の使った媚薬入りのローションは俺の体を変えていた。

「湊っ、いいっ？　気持ちいいかっ？」

悠馬は額からダラダラ汗を流して、必死に俺に訊いてくる。

俺は悠馬の動きの激しさに、その背中にしがみついていないと耐えられなくて、その熱い皮膚を掻き毟るみたいにして爪を立てながら、「いい、いいっ」と無我夢中で答えた。

カエルみたいに脚をおっ広げて、デカイちんこで削岩機みたいにゴリゴリ掘られてるっていうのに、なんでこんなに気持ちいいんだろう。

媚薬のせいだってことはわかってる。悠馬は大丈夫だって言ってたけど、これって脳まで溶けてるんじゃないだろうかと思うくらい、今俺は阿呆になっている。

結合部からぐちゃっ、ぐちゃっ、なんてものすごい音が聞こえてきて、肌と肌の当たるパンパンいう音もしてるのに、そんなの絶対におかしいし、すごく惨めで泣きたいはずなのに、俺が今ダアダア流しているのは、気持ちよくて堪らない涙なのだ。

「すごいっ、悠馬、すごい、気持ちいいっ」

なんて、果てにはAV女優かよ、みたいな台詞まで飛び出してしまって、この後媚薬の効果が切れて我に返ったら、俺は自殺するんじゃないか、とか頭の中の直径一ミリくらいになった理性が考えてる。

指で最初にいじられたときに気持ちよかったあのちんこの裏側も、快感が倍増していて、そこを悠馬のスタイリッシュなアレでぐりぐり捲り上げられる度に、叫んでしまいたいほどの快感がほとばしる。

「ああ、すごい、すごいよ湊、あいつらだって、こんな感じてなかったのに」

俺を食い入るように凝視しながら、悠馬は熱っぽい声で囁く。

あいつらっていうのは、当然悠馬が実験台にした女の子たちだろう。もしかすると、尻は男の方が感じやすいのかもしれない。知らないけど。ていうかヤってる最中に他の誰かの話を持ち出すのってタブーなんじゃないのか。俺が女の子と比較されて喜ぶとでも思ってんのか。いや、違うか。俺がどう思うかなんて関係ないんだ。悠馬は、ただ感じたことを興奮そのままに口走っている。つまり悠馬もそれだけわけがわかんないほど夢中になってるってことなんだろうか。

「ううっ、う、んうう、ふうう」

俺はみっともなく小鼻を広げて喘ぎながら、腹にドロドロと白い粘液が溜まっていることに気づいた。俺は、悠馬に突っ込まれて揺すぶられながら、何度も射精していたらしい。全然、そんな感覚なんてなかったのに。

ああ、男ってわかりやすい。こんなんじゃ、超気持ちいいですって悠馬に言っているようなものじゃないか。それ以前に、甲高い声で喘いでいるのだから、そりゃバレまくっているわけだけれど。

「はあ、はあっ、ああ、湊ぉ、湊っ……！」

悠馬は俺の名前を何度も呼びながら、余裕のない顔つきでがむしゃらに腰を振っている。ぐぽ

ぐぽ、ぐちゃぐちゃ、デカイのが俺の中を出入りして、腹の中で暴れ回る。尻の入り口が押し込まれたり、引き伸ばされたりして、ジンジン痺れて、死ぬほど気持ちがいい。

媚薬のせいだか知らないけど、出る、みたいな前触れがないのに出ているのが不思議過ぎて、俺はトロトロになった頭で人体の神秘を味わっている。

悠馬が動くだけで、気持ちがいい。腹の奥をぐりぐりされて、たくさん中を捲り上げられるのが気持ちいい。初めは何も感じなかった乳首も、悠馬の胸板に擦られているうちにムズムズしてきて、繰り返される掃除機みたいなキスも、口の中を舐めて、吸い合ってるだけで天国にいるみたいな気持ちになった。

「ん、ふう、ふう、悠馬、あ、ああっ、あ」

「湊っ、あ、ああ、俺、も、出そうっ……」

悠馬が俺の脚を抱え直して、ガツガツすごい勢いで動き始める。

「あっ、あっ、あっ、ひい、ひいあっ」

目が裏返るくらい激しく揺すぶられて、俺はヘンな声が漏れて止まらない。

「あっ、ああ、湊、湊、あ、出るっ……！」

悠馬はでかい声で叫んで、俺の最奥に突っ込んだまま、ぶる、ぶる、と大きく痙攣《けいれん》した。悠馬の腹筋がビクビク生き物みたいに動くのを勃起したちんこで感じて、俺も、釣られるみたいに射精した。

最後の射精は、自覚があった。でも、突っ込まれて動かれている最中は、全然わからなかった。

悠馬は全部出し切ってしまうと、俺を強く抱き締めて、深く息を吐き出した。

あー。終わったのか。初めてのHが終わったのか。俺はぼうっとしながら、男同士でこんな行為をしてしまったことに、今更ながらにびっくりしていた。ノーマルな男女のHを知らないだけに比較のしようがないけれど、普通のもこんなにすごいんだろうか。悠馬は今までの彼女たちとも、こんな風にワアワアやかましく騒ぎながらヤっていたんだろうか。

「ああ……すげえ、最高だった」

悠馬は俺の唇をねっとりと吸って、ぬるぬると舌を絡める。

そうするうちに、俺の腹の中で、また悠馬はムクムク大きくなってきて、みっちりと中を満たす。その回復の早さに、俺は唖然とした。

「あは、なんか、止まんねえ」

「お前も、媚薬、使ったのか……?」

「ゴムしてるけど、擦り合わせてるうちに、混ざったのかも。でも、俺は媚薬なしでも、湊相手だと多分何回でも勃起する」

まるで女の子を落とすみたいな甘ったるい声で囁いて、悠馬は再び動き始める。そうされると、ぼうっとしていた俺も、また気持ちよさに脳がずるずる蕩けていって、またヘンな気持ち悪い声を上げてしまう。

「はあっ、ああ、ひあっ、うあ、あ、すごい、そこ、そこ……っ」

「ここ？　ああ、前立腺な。いいんだよな、そこ。じゃあ、いっぱい擦ってやるからな」

悠馬は汗だくになって笑いながら、俺のゼンリツセンとかいうちんこの裏を、亀頭のエラでごりごり擦り始める。途端に、稲妻が落ちるような鋭い感覚が弾けて、俺は魚が跳ねるみたいに仰《の》け反《ぞ》った。

「ふううっ！　ううっ！　あっ、あ、や、やっぱ、そこだけ、だと、強過ぎるっ」

「え？　あ、悪い、じゃあ、もっと、ゆるく、する」

悠馬は器用に動きを変えて、俺のいいように腰を前後させる。

激し過ぎる快感が和らいで、俺はうっとりとその悦楽を味わった。頭の中が真っ白になるみたいな、快楽の神経をやわやわと優しく揉《も》まれているみたいな、ますます頭が悪くなりそうな、ヤバイ気持ちよさ。

「ああ……、あ、ふあああ、あー……」

「湊、すごいな……出しっ放し」

悠馬が恍惚とした声で呟く。俺はよく聞こえなくて、ただ波に揺られるみたいに、感覚のままに体を泳がせている。

悠馬はその後俺をひっくり返して、犬みたいに四つん這いにさせて、バックからガンガンに犯した。枕に頬を押し付けて、俺は動物みたいな声で喘いだ。

「ううっ、ふううっ、んううーっ」

奥にずんずん入ってくる感じが、また堪んなくて、俺の頭はもっとふやけて理性は消し飛んだ。

「湊、バック好き？　この格好、好き？」

「う、うん……、す、好ぎっ……」

背後で悠馬の笑う気配がする。

「バック好きは、淫乱なんだってさ。でも、きっと湊はどんな格好でもイケるんじゃないかな……さっきから、ずっとイってるもんな、湊」

悠馬は、俺の前に手を回して、ぐちゃぐちゃになったチンコをゆるゆると揉んだ。俺は啜り泣くみたいな声で喘いで、また漏らした。

後ろから乱暴にされると、モロに犯されてる感じがして、俺の中のMな気持ちが大きくなって、すごく感じる。そんな性癖なんかなかったはずなのに、プライドとかそういうのが今はなんにもなくなっているせいか、ただひたすら興奮して気持ちがいい。

もっと揺すぶってくれ。何も考えられなくさせてくれ。たくさんイかせてくれ。欲望が際限なく飛び出して、俺はとんでもなく貪欲になった。

二回目の射精が近づいたのか、悠馬は俺の腰を摑んでガツガツ動いた。そのとき、大きな波が襲ってきて、俺は叫んだ。

そして、なんにもわからなくなった。

ちゃぷ、ちゃぷ、と水の鳴る音が鼓膜を揺らす。

体の重さがなくなったような、浮遊しているような感覚に、俺はぼんやりと目を開けた。

「あ、気がついた？」

背中に、悠馬の熱い体温を感じる。俺は、後ろから抱き締められて、狭いユニットバスの湯船にちんまりと収まっていた。目の前には、悠馬の長い筋肉質な脚が、窮屈そうに折り曲げられている。

「……俺……」

「気絶しちゃってた。大丈夫、全部洗い流したから。ごめんな。これからは、もうちょっと量減らすよ」

その言葉に、媚薬を使われたことを思い出す。

突然俺は不安になって、どこもおかしくなっていないか、怖くなった。尻は、まだ何かが入っているような違和感がある。恐る恐る触れてみるとまだ柔らかく、きちんと窄まっているのに中が広がっている感じがして、恐ろしくなった。

「本当に……大丈夫な薬だったのかよ。俺、あんなになっちまって……」

「大丈夫だよ、湊」

俺の怯えを予想していたかのように、悠馬はやんわりとした口調で囁く。

「あれ、本当は口から飲むやつなんだ。飲むときよりもずっと量は少なくしたんだけど、直腸からだと吸収が早いから、効き目も大きかったんだと思う。大丈夫、違法なやつじゃないよ」

「本当に……?」

「ああ。口からは俺も飲んだことあるし、尻に使った他の奴も、別に依存とかしてない。平気だよ」

俺は悠馬の口調に、同い年だとは思えないものを感じて、呆然とした。

俺が初めての彼女ができてお祭り騒ぎだったときに、悠馬はすでに媚薬なんかも試して、アナルセックスも実践していたのだ。恐らく、俺なんかのわからない、もっとすごいことも。

「怖えよ……お前、そういうのどこで調べてくんの。どこで買うの」

「いいよ。湊は何も知らなくて」

悠馬は濡れた手で俺の髪を撫で、頬を撫でる。

「俺がこれから、色んなこと教えてやる。俺が湊に、全部……」

「悠馬……」

結局、なるようになってしまったのだ。

きっと全部、悠馬の計画通り。多分、俺が山崎と付き合ったことだけが想定外で、それで唐突に無茶なことをしでかしたのだろう。

俺から何もかもを奪って、自分の言うことを聞かせようとする作戦。悠馬にとってはやり慣れた『暗殺』を俺に実行したのは、俺を排除したかったからじゃなく、服従させるためだったんだ。

「これからも……こういうこと、したいの、お前」

「当たり前だろ」

悠馬はくすっと小さく笑って、後ろから強く俺を抱き締めた。

「すげえ可愛かったよ、湊。食っちまいたいくらい」

耳に押し当てられた唇から漏れる息が、熱い。

「何回もしたい。何百回も、何千回もしたい」

ぐずぐずになった脳に直接吹きかけられる囁きが、俺を震わせる。

何百回も、何千回も。繰り返すうちに、俺はきっと、自分の形すら保てなくなって、スライムみたいになってしまうんだろう。

「こ、こんなこと……いつからしたいなんて、考えてたんだよ……」

「さあ……いつからかな」

悠馬は記憶を探るように首をひねる。

「多分、あれかな。あいつが、湊のこと気に入ってるってわかったとき」

「あいつって……」

「姉さんだよ」

皐月ちゃんのことだ。俺は、はっとして硬直した。

「姉さん、湊と結婚するんだって言ってた。そのとき、はっきりしたような気がする。自分の気持ちが」

「皐月ちゃん、そんなこと……」

もちろん、覚えている。けれど、それを悠馬にも伝えていただなんて。

俺はそのとき、ふと思い至る。もしかすると、皐月ちゃんは悠馬の気持ちに気づいていたんじゃないのか。

二人は、仲が悪かった。どちらもプライドが高くて、お姫様と王子様で、ケンカばかりしていた。そしてきっと、二人は誰よりもお互いのことをよく知っていた。それは、女の子である皐月ちゃんの方がよくわかっていたように思う。いつでも、巧みに悠馬の嫌がる点を狙い撃ちして、舌戦では大概皐月ちゃんが勝っていた。

皐月ちゃんは、悠馬が傷つくと知っていて、あのことを言ったに違いない。俺のことを気に入ってくれていたのは本当だと思うけれど、それ以前に、悠馬よりも自分が有利なのだと、教えたかったに違いない。

一度そう思うと、本当にそうだったような気がしてきて、鼓動が速くなった。もし、皐月ちゃんが悠馬をそんな風に挑発しなかったら、悠馬は自分の気持ちに気づかなかったのだろうか。たくさんのもしもが頭の中を駆け巡って、俺は混乱してきた。

「結婚なんかできない、って俺が反発したら、『私は女の子で、湊君は男の子だから、結婚できる』って、あいつは言ったんだ。それで、気がついた。俺は、湊とは一緒にいられない。俺も湊も、女と結婚しなきゃいけないんだ、って」

悠馬は笑った。

「そうしたら、翌日、熱が出た。多分、ショックだったんだろうな」

「それで……諦め、なかったんだな」

「諦めたら、死ぬと思う」

俺は思わず悠馬を見た。悠馬は、口元だけ笑いながら、あの黒い目をしている。腹の底が、ナイフを当てられたように冷たくなる。

「なあ、知ってた？　あいつって、ずっと俺たちと一緒に遊んでたじゃん。自分のクラスの友達とか、他にもいっぱいいるのにさ。ただでさえませてたあいつが、一学年下の、しかも男の友達と遊ぶなんてさ、ちょっとおかしいんだよ。あれって、俺とお前を二人で遊ばせたくなかったからなんだぜ」

「え……？」

そんな話は、初耳だった。どうして、皐月ちゃんがそんなことをしなければいけないんだろう。

「お前をとられたくなかったんだよ、俺に。俺があいつの悪口、お前に吹き込むのも警戒してた。湊、知らなかっただろ？　俺とあいつがケンカばっかりしてたのは、大半がお前を取り合ってたことが原因だったんだよ」

「な、なんで……俺、なんか……」

理解できなかった。だって、高梨家の姉弟といったら、地元では有名な二人だったのだ。同年代の子どもたちはこぞって皆で悠馬と皐月ちゃんと仲良くなりたがったし、それこそ奴隷になるのを喜ぶような奴らだっていた。それなのに、そんな二人がどうして俺なんかを取り合うっていうんだ。謙遜《けんそん》でもなんでもなく、俺はなんの取り柄もない、平凡という字がそのまま歩いているような人間だ。

「あいつのことなんか知らねえけど、多分自分のこと特別視しなかったのがよかったんじゃねえのかな。あいつの小三のときの担任教師の話、覚えてる？　えこひいきしまくってさ。しまいにはわざと授業で自分で解答間違えて、それを指摘したあいつに『自分を罰してくれ』だの『踏んでくれ』だの言ってきた奴」

俺は曖昧に頷いた。そんな話をして皆で笑った気がする。でも、正直そういう類いの話題は本当にたくさんあったので、ひとつひとつを明確に覚えているわけじゃない。最初は驚いたけれど、何度も聞いているうちに慣れてしまったんだ。

「大人ですらそうなんだよ。妙に神格化っていうかさ、過剰に崇《あが》めるの。そうじゃなきゃ、過剰に嫉妬する。あいつは俺よりもそういうの激しかったな。モロに女王様だったから。もっと上手くやりゃよかったのによ。あいつの周りには崇拝者か敵かしかいなかった」

お前が周りを操るのが上手過ぎるんだよ、と言いかけて、口をつぐむ。また機嫌を損ねられたら大変だ。

確かに皐月ちゃんは悠馬とは違っていつもありのままの自分を見せていた気がする。周りにどう思われようが構わないという意思の強さと自信があった。

「まあそういうのもあって、普通に付き合ってくれるお前が却って特別に見えたんだよ。あとは、俺がお前を好きなのを知ってて、それを邪魔したかったたっていうのもあるだろうな」

悠馬の目が不穏に光る。もう随分前のことのはずなのに、まるで昨日起きたばかりのように、悠馬の声には生々しい苛立ちが滲んでいた。

「俺は、湊が欲しかった。湊じゃないと、嫌だった。お前は俺のだってずっと思ってたのに、今更どっかの女にやる気なんかなかった」

「な、なんで、俺、なんだ……俺なんか、家が隣だっただけで」

「さあ……考えたこともないな。隣に住んでたのが湊じゃなかったら、こんなことになってねえだろうし。俺は湊の全部が好きで、湊のことだけ考えていたかった。湊の色んな顔が見たかった。俺だけに向ける顔が。他の人間は全部ただの駒《こま》だよ。どうでもいい。だけど、湊だけがどうでもよくなかった。お前は俺のだって、ずっと思ってたんだ」

他の人間は、ただの駒。そんな風に考えていたのか。なるほど、と思ってしまう。

悠馬は、他人を人間だとも思っていなかった。ただ、自分の意図した通りに動いてくれればそれでよかったんだ。

でも、結局それは俺も同じじゃないか。俺の意思なんか関係なく、自分のものであればよかっただけじゃないか。

そう、俺も駒なんだ。ただ、悠馬が自分の色を塗りたくって、お気に入りとして側に置きたかった、特別な駒。

「本当はさあ、薬、使いたくなかったんだ。アレ使っちゃうと、わけわかんなくなるってわかってたし。俺は、そのままの湊としたかったから。だけど、やっぱり痛がるから、仕方なく使った。可愛かったからよかったんだけどさあ。俺もまだまだだな」

妙な反省会を始める悠馬に、さすがに俺は苦笑した。

「いや、無理だって……俺、痛くて、ほんと裂けるかと思った。怖かった」

俺が怖かったと口にすると、悠馬は突然愛情を募らせたかのように、俺を強く抱き締めた。

「そうだよな。痛くて苦しい思いさせたいわけじゃないし、またやりたいって思って欲しいから、やっぱ最初は使うしかなかったかな」

「またやりたいなんて、思えねえよ」

「慣れれば大丈夫だって。使わなくてもよくなる。毎日やってれば、湊の体が、俺のこと覚えるまで、そんなにかからないと思うしな……」

「ま、毎日……?」

ぞっとする発言に、俺はごくりと息を呑む。悠馬はにっこりと笑って、俺の額にキスをする。

「平気だよ。俺んちでやろう。うち、防音しっかりしてるんだ。声出しても大丈夫」

「だ、だけど、おじさんと、おばさんが……」

「え、気づいてないのか? 湊」

さも意外そうな顔をして、悠馬は俺を見た。

「もうあの家、父さんも母さんもいないんだ。あの人ら、離婚しちゃったから。この春から、あそこに住んでるの俺だけだよ」

悠馬の衝撃的な発言に、さすがに俺は目を丸くする。

「う、嘘……。し、知らなかった……」

「あの人たち、あいつが死んだときから、もう一緒にいるのは無理だったんだよ。お互いを責めまくってさ。醜い争いだったなー、あれ」

俺は驚いて、何も言えなかった。まさか、皐月ちゃんが死んでから、そんなことが高梨家に起きていただなんて。

「とっくに何年も別居状態だったんだ。父さんは愛人もいるしな。今回の離婚はそっちと結婚するためだったんだろ。離婚前から、俺はあの家に一人でいることが多かったし、今更って感じだけど」

「そ、それじゃ、悠馬はどうなるんだ。ひどいじゃんか……」

つまり長いこと、悠馬はあの家に一人きりだったのだ。いくら娘を失って辛いからって、残された子どもを放置するなんてあんまりだ。俺はこの幼なじみに散々ひどいことをされたのに、同情していた。俺が、一人ぼっちが嫌いだからだ。悠馬はどうだか知らないけれど、誰もいない家なんて寂し過ぎる。

「俺のこと、可哀想って思ってくれるの？　湊」

悠馬は嬉しそうに微笑む。

「でも、俺は全然平気。父さんも母さんも嫌いだった。あいつばっかりえこひいきして、俺の思う通りにならないから」

「だけど、一人であんな広い家にいるなんて……」

「一人じゃない。お前がいてくれたじゃん」

「あ……」

皐月ちゃんがいたときから、高梨家の夫婦は多忙であまり家にいなかったこともあって、俺はあそこに入り浸っていた。悠馬と二人だけで遊ぶようになってからも、それは変わらなかった。

悠馬と一緒にいるのは俺にとって自然なことだったし、悠馬の家を選んだのは、ただ大人がいなくて遊ぶのに都合がよくて、たくさんのゲームがあって楽しかったから、毎日のように通っていただけだった。だけど、悠馬にとっては、きっとそれ以上に大きな意味を持っていたのかもしれない。

「もう俺にとっては、あいつらのいない家が普通なんだ。湊がいてくれるだけでいい」

「でも、前も夜に誰かが家に……俺、おじさんかおばさんがいるんだと思って……」

「家政婦じゃないの？　家事が残ってると少し遅くまでいたりするから。でも、通いだから夜は誰もいないよ」

そうだったのか。悠馬の両親の離婚も知らずにいた俺は、高梨家がどういう状況になっていたのか、まるでわかっていなかった。普段から家にいない人たちだったから、近所の誰も気づいていなかったに違いない。現にうちの両親も、まったく高梨家の離婚のことは口にしていなかった。

「俺は、口ばっかり達者なあいつも嫌いだったし、俺のことろくに見ようともしない父さんも母さんも嫌いだった。俺が好きなのはさ、湊だけなんだ。湊がいればそれでいいんだ」

湯船の中で強く抱き締められて、息が苦しくなる。

「だから、湊がいなくなったら困るんだよ。あんな女と付き合ってさ。俺から離れていこうとするの、許せなかったんだ。まあ、俺が甘かったんだよな。もっとしっかり露払いしておくべきだった。あのタイプは、盲点だったんだよ。姉さんみたいな、高飛車な女がお前みたいなのに関心がいくと思ってたんだ」

「露払い、って……」

まさか、悠馬は誰かが俺を気に入らないように、工作していたとでもいうのだろうか。昔のあの度の過ぎた悪戯も、その企みのうちだったとでもいうのだろうか。

「湊は、可愛いからさ。お前みたいな可愛いのが好きな女って、結構いるんだよ。中性的で、素直で、ぼけっとした天然なのがさ。でも、湊は俺のだから、女のものになんかなっちゃだめなんだ。お前が女とキスしたり、ヤったりするって考えただけで、死にそうになるんだ。そんなの、耐えられないんだよ」

悠馬は熱っぽい口調で、まるで純粋な愛を告白しているかのように俺に訴える。

「だから、あのブスと別れさせた。あいつ、マジでいらない駒だ。思い通りになんねえし、しかも俺の湊まで奪おうとしてさ。殺されても文句は言えねえよ。今はもうどうでもいいけど、湊にしつこく張りついてるようだったら、本当に殺したかもしんねえ」

憎々しげに悠馬は吐き捨てる。それは『暗殺』のことだろうか。それとも、本当に殺すつもりだったのだろうか。わからないし知りたくもないけれど、山崎に、あのとき俺を振ってくれてありがとう、と心の中で思った。彼女は、知らないうちに危機を回避していたのだ。

「今回、湊にちょっとひどいことしちゃったけどさ。お前、結構鈍いところあるからさ。一回懲《こ》らしめとかないと、わかんないかなと思って。本気で『暗殺』仕掛けようと思ったわけじゃないんだぜ? お前のことが可愛くて、俺がお前にとっていなくちゃいけない存在なんだって、きちんとわからせるためにやったんだ。実際、わかっただろ? 俺がいないとだめなんだって、ちゃんと学んだだろ?」

妙に、俺におもねるような口調で悠馬は言葉を重ねる。

俺の機嫌をとろうとしているのだろうか? あんな大掛かりな罠を張って、俺の逃げ場所までなくして、追い詰めて追い詰めて、理不尽にごめんなさいとまで言わせて。

「な? 湊。お前、もう逃げないよな?」

悠馬は甘く優しい声で俺に問いかけた。ここで俺が拒絶すれば、またあの底なし沼みたいな目で俺を見るのだろう。ああ、まだ思い知らせてやらないといけないのだと、もっと恐ろしいことをするのだろう。

頷く以外に、俺の選択肢はなかった。俺は、悠馬の所有物になることを、承諾してしまった。

だって、他にどうすればいいのかまるでわからないんだ。周りに俺を理解してくれる人はいない。皆悠馬の駒にされている。警察に助けてもらう? だけど、なんの証拠もない。それに、男に犯されたなんて、恥ずかしくて誰にも言いたくない。

考えられるのは、卒業まで悠馬の仕打ちに耐え抜いて、それから別の環境へ逃げるか、今すぐに何もかも捨てて逃げてしまうか。

だけど、そんなことできっこなかった。たったの数日のことですら耐えられなかったのに、卒業まではあと一年以上ある。俺は、それまでに壊れてしまうだろう。そして、今すぐに逃げることは、更に考えられなかった。せいぜい、今日のように学校をサボるくらいが関の山だ。自分だけで生きていく技術も資金も何もない俺には、あまりにもハードルが高い。

結局、俺は悠馬には敵わない。あいつの思い通りになるのが、最も楽な道なのだと教えられてしまった。

制裁の恐怖も、女のように抱かれる快楽も、知ってしまったから。

もう諦める他ないのだと、思い知らされてしまったから。

＊＊＊

俺たちが学校をサボったその日、悠馬は河川敷に来る前に、二人とも休む旨を学校に伝えておいたようだった。どんな理由を使ったのか知らないが、悠馬の言うことならば先生は何でも信用してしまうのだろう。

本当は今日はバイトがあったんだけれど、もうバイトなんかするなと悠馬に言われて、俺は休まされた。だけど今後のシフトもあるし、そう今すぐ辞められないと言えば、代わりの奴を立ててやるから問題ないと答える。悠馬には思い通りに扱える奴隷がたくさんいるので、そのうちの誰かにやらせるつもりなんだろう。奴隷は、自分が奴隷だなんて気づかないまま、悠馬のいいように使われているんだ。

学校の終わる時間に俺たちは家に帰り、別れ際、悠馬は俺に舌の根まで引っこ抜くような熱烈なキスをした。

俺がサボったことを知らない母さんはいつも通り夕食を用意している。今日も俺の好物を作ってくれている。ビーフカレーだ。温泉卵も載っている。だけど、今は全然美味しそうに見えない。

それでも食べないと怪しまれるような気がして、俺がもそもそと食べ始めると、横から不思議そうな顔で俺を見た。

「あんた、どこかでお風呂でも入ってきたの？」

「え……」

ぎくりとして、スプーンを取り落としそうになる。

「なんか、うちのと違う匂いがするから」

「あー……。多分、女子にふざけてデオドラントスプレー、吹きかけられたから」

咄嗟《とっさ》についた嘘だったが、母さんは納得したようだった。それでも、俺の心臓はばくばく言っている。

バレたら絶対にいけない。俺が悠馬とセックスしちゃったただなんて、誰にも知られちゃいけない。特に、両親には。

もしも母さんに知られたらと考えてみたら、絶望で目の前が真っ暗になった。息子がホモだった。しかも、隣の幼なじみとだなんて。

きっと俺が無理矢理されたた、逆らえなかったなんて言っても、やっぱり誰も信じてくれないのだ。あんなに優しい高梨君がそんなことするはずがないと、却って俺が責められるのだ。

悠馬は上手いこと俺たちの関係を隠すだろう。けれど、俺は果たしていつも通りにできるのだろうか。悠馬はこれからも俺とのことを続ける気でいるのだから、俺は覚悟をして必死で秘密を守らなきゃいけない。ホモだなんて噂が蔓延《まんえん》してしまったら、今俺が受けている仕打ちよりも、きっともっとひどい偏見の目で見られることだろう。毛虫でも見るような目つきに囲まれて、俺は正常でいられる自信がない。それこそ、絶対に引きこもりになってしまう。

俺はろくに味もわからないままなんとかカレーを食べ終え、「ごちそうさま」と言って自室に戻った。

ベッドに寝転がると、ラブホで悠馬とセックスした感覚が鮮やかに蘇る。思わず、枕に顔を押し付けて呻いた。

ああ、本当にやられちまったんだ。俺、悠馬とHしちゃったんだ。童貞なのに。まさか、男でも処女を失うなんて言い方するんだろうか。童貞なのに非処女。まさかそんな生命体に自分が進化してしまうだなんて思ってても見なかった。

媚薬でもうめちゃくちゃになっていたけれど、体中を這い回る大きな手の感触や、何度も何度も重ねた唇の味わいや、何より尻に深々と突っ込まれていたあの感覚は、まるで生々しさを失っていない。

あんなこと、したくなかった。悠馬に無理矢理されたんだ。薬のせいで感じまくってたけど、あれは紛れもないレイプだった。

俺は枕に顔を埋めたまま、ヒンヒン泣いた。こんな泣き方したことないってくらい、無様に泣いた。

「さいあく……」

本当に、もう爆発したかった。思い出せば思い出すほど、あんな気持ち悪い声を出して、イイ、イイ、なんて女みたいに喘いじゃって、のたうち回りたいほど恥ずかしいし、悔しいし、死にたいし、爆発したい。

でも、俺はああするしかなかったんだ。悠馬に従うしかなかった。これからだって、奴隷みたいに悠馬の言うことを聞かなきゃいけない。もう、以前のような普通の幼なじみには戻れない。

そう考えると、これまでの悠馬への憤りや屈辱感とは別に、ふと、ひどく寂しい気持ちが込み上げる。

俺は、ずっと一緒に育ってきた幼なじみを、失ったんだ。俺がずっと友達だと思って、色んなことをして遊んで、泣いて、笑って、怒って、たくさんの時間を共有してきた悠馬は、もういないんだ。

けれど、またどこかから別の声が、いいやそうじゃない、と言う。

自分も、学校の友人たちや、先生や、母さんと同じなのだ。自分の目で見えている『高梨悠馬』という存在を、悠馬のすべてと思い込んでいただけなのだ。

悠馬は、ずっと俺にああいうことがしたかったと言っていた。だから、女なんかに取られるわけにはいかなかったのだ、と。俺は、そんな悠馬の気持ちにはずっと気づかずにいた。悠馬も恐らく、俺には隠していたのだろう。いつかは言い出す気でいたのだろうが、その時期はまだ先だったに違いない。山崎のことがなければ。

そして、俺は悠馬の語った皐月ちゃんのことも思い返した。俺は、覚えているようで、随分彼女との思い出を忘れかけている。言われれば思い出すけれど、あの小三のときの担任教師の話なんか、なんとなく記憶の隅っこに引っかかっているだけだった。

悠馬は、さすがに自分の姉のことだから色々と覚えているんだろう。対して、俺はなんて薄情なんだ。あんなに遊んでもらっていたのに、もうたくさんのことを記憶から消してしまっている。それにもかかわらず、皐月ちゃんに助けを求めたりしたなんて。

皐月ちゃんは、もしかすると、悠馬の異常性みたいなものをわかっていて、俺を庇ってくれていたんじゃないだろうか。だんだんそんな気がしてくる。悠馬の言によれば、皐月ちゃんが他の友達と遊ばず俺たちとばかり遊んでいたのは、俺と悠馬が二人きりになるのを邪魔したかったから、という話だったが、もしも将来的にこうなることを見越して、それを防ごうとしていたのなら、それはまさしく相当な先見の明だ。

ただ、悠馬が俺への気持ちを自覚することになったのは皐月ちゃんの挑発のせいなのだから、それは正直やらないで欲しかったけれど。もしかしたら、それも悠馬の過剰な執着を見て、男同士じゃ結婚できないことを教えたかったのかもしれない。悠馬は、とっくにそんなことは知っていたはずだけど、目を覚まさせようとしたのかもしれない。

　こんなことはただの推測だし、当たっていようがいまいが、今更考えるのも無駄だと知っているが、俺は皐月ちゃんのことを考えずにはいられなかった。

　皐月ちゃんの言葉で変わった悠馬。皐月ちゃんの死で崩壊した高梨家。

　何かがおかしくなっていったのは、一体どこからだったんだろうか。俺は、どうすればよかったんだろうか。

　後悔と困惑だけが、悠馬に犯されて軋む体の上に降り積もってゆく。

＊＊＊

　俺はまた、皐月ちゃんの夢を見た。

　今度の皐月ちゃんは川には浮いていない。それはいつか確かに交わした会話を再生したもので、突然どうしてこんな夢を見たのか、俺にはわからなかった。

「ほんっと、ぶりっこ。あたし、あの子大嫌い」

「ぶりっこ、って、悠馬のこと？」

「そうだよ。湊君だって知ってるでしょ。あいつ、皆にニコニコしちゃってさ。いい子ぶっちゃって。あたしたちの前じゃ、ひどいこと言ってるくせに」

皐月ちゃんは強気な目を光らせて、ブランコをこぎながら長い黒髪を背中でゆらゆらさせてい
る。俺はブランコの周りを囲う柵《さく》に腰掛けて、ぶどう味の飴《あめ》を頬張りながら、皐月ちゃんの話を
聞いている。

どうしてそこに、悠馬はいなかったんだろうか。トイレかどこかにでも行っていたのかもしれ
ない。俺は悠馬がトイレに行くときいつも誘われるんだけど、このときは断ったんだろう。

「気持ち悪いんだよね、昔から。あいつ、本当にあたしの弟なのかしら」

「うん。だって、皐月ちゃんと悠馬、似てるよ」

「似てるう」

皐月ちゃんは悲鳴のような声を上げた。

「最悪。あんな奴と似てるだなんて」

「悠馬はまあヘンな奴だけど、なんでそんな気持ち悪いなんて言ったりするの」

「だってあの子、あたしのことモノみたいに見るんだもの」

「モノ?」

俺がよくわからなくて訊き返すと、皐月ちゃんはブランコから降りて、首を傾げて何かを考え
ている。

「時々、そういう目で見るの。ケンカとかするとさ、じっと気持ち悪い目で見てる。まるでその

辺の石ころとか、机の上の消しゴムとか、スーパーで売ってる野菜見るみたいな目」

「えーっ、野菜。野菜見るみたいに皐月ちゃんのこと見るの」

「そうよ。あたし、まるで自分がキャベツにでもなっちゃったみたいな気持ちになるの。あたしが何を考えているのかとか、どう思っているのかとか、そういうの全部無視する目。本当、あたしあの目が大嫌い」

＊＊＊

翌日から、悠馬は再び俺を家まで迎えに来るようになった。

いつものように通学路を手を繋いで歩き、電車の中では俺を庇い、いつでも俺の周囲に気を配って、今まで以上に密着して過ごすようになった。

「お、仲直りしたんだな」

と周りの友人たちが声をかけてくると、悠馬は爽やかに笑ってこう言うのだ。

「俺の湊は、素直だからな」

俺の湊、なんてずっと言われていた台詞のはずなのに、今はまるで違うものに聞こえる。それは実際、俺の受け止め方が違ってしまっているからだろう。

これまでは悠馬の冗談というか、ただの口癖程度に思っていた。でも、今では、悠馬が本当にそう思っているということを知ってしまったから、それを聞く度に胸がざわつくようになった。

それに、悠馬は学校でも俺にやたらと触れるようになった。廊下でばったり出くわす度に、肩を抱いたり抱き締めたり、昼休みもわざわざ教室まで迎えに来て一緒に食べようと誘ってくる。

そして、人気《ひとけ》がなくなったと見るや、悠馬はすぐにキスをしたがった。ちゅっ、なんてもんじゃなく、ぶちゅうっ、の方なので、俺はその度に誰かにバレてしまうんじゃないかという恐怖や、未だに慣れない悠馬の強引な唇の感触に気が遠くなりかける。

「学校ではやめてくれ」

とせめてもの抗議をするのだけれど、今も昔も悠馬は俺の言うことなんか聞かない。

「大丈夫、誰もいないから」

なんて余裕綽々《よゆうしゃくしゃく》の表情で、調子に乗って服の上から俺の体を撫で回す。素面《しらふ》の俺はそんな風にされたって、誰かに見られるかもしれない恐怖で縮こまっているし、全然気持ちよくなんかない。楽しいのは悠馬だけだ。悠馬は欲望のままに俺をなぶり、俺の反応を見て面白がっているんだ。

「杉浦、高梨と上手くやってるんだな」

担任教師が、放課後俺の教室に迎えに来た悠馬を見て、ほっとしたような笑顔になる。悠馬もきっちりと優等生の笑みを浮かべて応じる。

「はい。ご心配おかけしました」

「いやいや、俺は何も心配してないよ。なあに、お前らのことだからすぐに元通りになるとは思っていたからな」

元通りなんかじゃない。お前の目は節穴か。お前みたいな教師がいじめを見逃して加害者を野放しにするんだ、と心の中で散々に毒づきながら、俺は悠馬の陰で曖昧に微笑んでいる。

もう今日の皆の反応でわかった。誰も俺のことなんか見てないし、俺たちの関係が本当はどうだろうと関係ない。皆悠馬の機嫌を窺《うかが》っているんだ。嫌われるのがいやなんだ。皆、悠馬は優しくて完璧で穏やかな性格だと思っているのに、心のどこかでこいつが本当は怖い奴だと知っている。悠馬の敵になりたくないと思っている。一体どうしてなんだろう。

「湊。俺、部活出るけど、俺の帰る頃に家に来いよ。いつも通り」

「ああ……わかった」

いつも通り。だけど、することはいつも通りじゃない。

俺が項垂れていると、悠馬の黒い影が俺の目の前を塞《ふさ》ぐ。すっと顎を持ち上げられて、そのまま唇を吸われた。

「逃げるなよ」

耳元に低く囁かれて、腰が震える。悠馬はにっこりと笑って俺の頭を優しく撫でると、さっさと教室を立ち去った。

唇が、熱くて、痛い。教室には俺たちの他に誰もいない。誰にも見られていない。それなのに、どこかに俺たちを覗いている目がある気がして、俺は落ち着かなくなった。

俺も、早く帰ろう。ここを出よう。重い腰を持ち上げて教室を出ようとすると、ドアのところでバッタリとクラスメイトと出くわした。

「山崎……」

俺は思わず、目を瞠《みは》った。こんな風に真正面から山崎と向き合うなんて、だいぶ久しぶりのことのような気がする。

山崎は、意外にも顔をしかめたり、俺から目を逸《そ》らすこともなく、じっとつぶらな瞳で俺を見上げた。その眼差しは告白されたときのものと重なって、まるで、この前の持ち物検査なんかなかったような錯覚に陥りそうになる。

「杉浦、今日バイトは?」

「あ、ああ。……辞めた」

「え、そうなんだ。なんで」

「いや、その……ちょっと、色々あって」

「ああ、そう……」

会話を交わすのも、久しぶりだ。今日は悠馬が仕掛けを解いたお陰で、俺も今まで通りにクラスメイトたちと話ができたけれど、山崎までこんな風に喋ってくれるなんて意外だった。だって、山崎は俺の周りでは唯一、悠馬の駒にならなかった存在なのだ。俺を嫌いになって振ったのは悠馬の策略のせいだが、山崎はそもそも悠馬自身のことも嫌っていた。

俺たちの間に沈黙が落ちる。すぐに部活へ行くのかと思った山崎は、どういうわけかその場から動こうとしなかった。

「杉浦、あいつと仲直りしたんだってね」

山崎の口から、ふいに悠馬のことが飛び出したことにびっくりして、俺はちょっと言葉が出なくなる。

「ケンカ、してたわけじゃなさそうだけど」

「それは……」

「……あたしさ。あんたに謝んなきゃって思って」

山崎は焦っているように、早口で言い募る。

「あのときは頭に血が上ってたけど、やっぱり、あの持ち物検査のやつ、おかしいよね。杉浦、そんなもの自分で入れるはずないし。最近、そう思うようになったんだ」

俺はハッと胸を突かれたような思いがした。涙が込み上げそうになって、一生懸命呑み込んだ。

山崎は下を向いて、何やら真剣な顔をしている。俺はふと、なんとなく嫌な予感がして、冷えた指先を握りしめる。

「あたし……、思うんだけどさ。あの鞄の中のこととか、その後のこととか……、全部あいつの」

「山崎」

俺は急いで山崎の声を遮った。心臓が嫌な鳴り方をしている。

「あいつに、関わらない方がいいよ。俺たちのことは、放っておいて」

山崎は、目を丸くして俺を凝視している。どうして、と唇が動きかけて、俺はこのままここにいちゃいけない気がして、山崎の横をすり抜けて、廊下を走った。

山崎を、俺みたいな目にあわせるわけにいかない。悠馬は、山崎を排除しようとしたら、徹底的に『暗殺』するに違いないのだから。いや、もしかしたらそれ以上のことも。以前悠馬が山崎のことを話したときの雰囲気を思い出して、俺はゾッとする。

悠馬は、ヘンだから。おかしいから。それは、俺だけがわかっていて、俺だけが被害にあえばいいことだから。

おっと。なんか今の、カッコイイな。一応初めての恋人だった彼女を守って自分を犠牲にする俺、カッコイイな。今なら、ちょっとイケメンに見えるかもな。

俺は泣いて廊下を走りながら、久々にちょっと心の余裕ができたのを感じていた。

たった一人だけでも、よかったんだ。俺のことを、わかってくれる人がいたら。一人でも、真実に気づいてくれていたら。それだけでも、こんなに救われるんだ。

山崎美花は、俺の中で再び天使で、妖精で、神様になった。一方的にやられるしかない俺が、山崎の前だけでは、一瞬、まともな人間になれたのだから。

泣き疲れて帰宅して、俺はシャワーを浴びた。

尻の違和感は、まだ消えていない。何かが入っているような感覚が続いていて、まるで俺に昨日のことを忘れさせまいとする悠馬の呪いのように思った。

「今日、悠馬んち行くから」

夕食の牛丼をもそもそと食べながら母さんにそう告げると、「あら、そうなの！」とあからさまに華やいだ声がする。

「それじゃ、これ持っていきなさい」

と早速差し出したのは、紙袋に入ったたい焼きだ。

「今日はちょっと忙しくて、なんにも作れなかったから駅前で買ってきたんだけど、とっても美味しいのよ。あんたが行かないなら直接悠馬君に持っていこうと思ってたから」

「ああ……そう。わかった」

「あんたたちが仲直りして、母さんも安心したわあ」

学校でも何度となく聞いた言葉だ。俺にいちばん近いはずの家族すら、本当のことなんかわかっちゃくれない。だけど、一人だけわかってくれていた奴がいた。だから、俺は母さんの心ない言葉を聞いても、なんとか平常心を保てた。

悠馬が帰宅してしばらくした頃に、俺はたい焼きを持って高梨家に重い足を運んだ。

丁度家政婦のおばさんが帰るところで、顔見知りの俺を見てぺこりと頭を下げるので、俺も小さくお辞儀をする。そのまま背中を見せたおばさんに向かって、思わず、俺は「あのう」と声をかけた。おばさんは人好きのする笑みを丸い顔に浮かべて、「なんでしょう」と立ち止まる。

この人は、いつから勤めている人だったろうか。高梨家の家政婦は何回か変わっているのでわからないけれど、多分二、三年前からといったところだろう。

「あ、すみません。その……おじさんとおばさんは、もうしばらくこの家には帰っていないんでしょうか」

俺がそんなことを訊ねるのを不思議に思ったのか、家政婦のおばさんは少し首を傾げた後、「そうですねえ」と頷いた。

「いつも坊ちゃんの部屋に遊びに来てくださってる方、ですよねえ？」

「あ、はい。隣の杉浦です。同級生の」

「じゃあ、知ってると思いますけど、まあ、色々不幸なこともありましたしねえ。坊ちゃんは一人ぼっちですから、どうぞこれからも遊びに来てくださいね。私は、ここの他にあっちのお世話もしないといけないんで、いないときもありますけれど」

「は、はい……」

おばさんは、それじゃ、と再び頭を下げて、小股でちょこちょこ歩くようにして去っていった。

あっち、ってなんだろう。もしかすると、あのおばさんはこの高梨家の他に、おじさんかおばさんの今暮らしている家の仕事もしているのだろうか。

俺はなんとなくその後ろ姿を見送ってから、インターフォンを押す。

すぐに悠馬が出てきて、ドアを開けた。すでに制服ではなくTシャツにハーフパンツを穿《は》いて、濡れた髪をタオルでガシガシ拭いている。シャワーを浴びたばかりのようだ。

「よう。入れよ」

「お前……夕飯は？」

「それ食うから、まだいいや」

悠馬は俺の手にある紙袋を目ざとく見つけて、中に入れと顎をしゃくった。

いつものように二階にある悠馬の部屋に入ると、寒いほどクーラーがガンガンに効いていた。

悠馬は二人分のウーロン茶をグラスで持ってきて、いつものようにテーブルを囲んでL字に座り、早速紙袋の中のたい焼きを大口を開けて頬張る。

「ん、美味い」

「俺の分も食っていいぜ」

「なんだよ、また痩せちまうぞ」

「食欲ないんだよ」

お前のせいで、という言葉は言わずにおいて、俺はウーロン茶を喉《のど》に流し込む。夕飯の牛丼だって頑張って半分だけ食べたくらいだ。それ以上は無理だった。母さんには具合が悪いのかと心配されたけれど、夏バテだと言っておいた。

じゃあ遠慮なく、と悠馬は二つ目のたい焼きにかぶりついて、「お、こっちはクリームか」と嬉しそうにする。最初に食べていたやつの味がなんだったのかは知らない。

俺はふと、こんな風にしていると、昨日のことが嘘みたいだ、と思った。見慣れた悠馬の部屋に、嗅ぎ慣れた悠馬の部屋のにおい。悠馬はいつも通り甘いものを食べていて、俺はそれを眺めている。全然、いつもと変わらない。もしかしたら、このまま元に戻れるんじゃないか、なんて妄想した。

けれど、俺がそう思ったのも束の間、悠馬はたい焼きを食べながら俺を引っ張って、あぐらをかいた膝の上に乗せてしまう。クーラーで冷えかけていた俺の肌は、悠馬の熱を移されて、あっという間に体温を上げ始める。

「このたい焼き、湊みたい」

「なんだよ、それ……」

「腹ン中、クリームでパンパンじゃん」

ニヤリと笑って、残りのたい焼きを一口で食べ終える。なんだそれ、昨日俺の尻に突っ込んだことを言ってるのか。俺の腹をちんこでパンパンにしたって言いたいのか。精液が漏れて俺の中にたっぷり入ったって意味なのか。どう突っ込めばいいのかわからず黙り込んでいると、悠馬はたい焼きを腹に入れて満足したのか、ふうとため息をついて、俺のシャツの中に手を突っ込んで肌を撫でる。気づけば、その股間は膨らんで、服越しに俺の尻を押し上げている。チャージが早過ぎる。

「たい焼きで、興奮、すんなよ」

「たい焼きじゃねえよ。湊に触ってると、こうなっちゃうの」

「じゃあ、学校では触んな」

「大丈夫だって。さすがにあんなとこで反応しねえし。ちゃんと我慢する」

悠馬はおかしそうに笑っている。俺は全然笑えない。

「湊、こっち向いて」

悠馬の声に従うと、すぐに口にかぶりつかれる。

「ん……、ぅ、う」

何回されても、全然慣れない。口の中をにゅるにゅる這い回る舌の動きが、あーこういうの、ゾンビ映画のＤＶＤで見た人間の中身を乗っ取る行為にあったよなーとか思ってしまう。それなのに、体をめったやたらに撫で回されながら口の中を舐められていると、ヘンな感じになってきてしまう。ゾンビなのに。ホラーなのに。悠馬は本当にこの体の中に俺を操る何かを流し込んで、俺をＨな気持ちにさせているんじゃないか、なんて妄想した。

「湊……、ここ、どう？」

悠馬は口の中で囁きながら、俺のあるかないかわかんないような乳首をいじっている。

「昨日、ヤってる最中は感じてたよな……気持ちよくなる感じ、わかってきた？」

「よく……わかんねえよ」

「そう？　でも硬くなってきてる」

「この部屋が、寒いから……」

俺はささやかな嘘をつく。本当は、きゅっと強めに摘《つま》まれる度に、なんだか腹の奥がじんとするような、今までにはなかったヘンな感覚が生まれている。

悠馬は延々と俺の唇に吸いつきながら、乳首をいじっている。鼻息が荒くなってきたの、絶対バレてる。膨らんだ乳頭を引っ張られる度に、腰が揺れるのも。

もうだめだ、正直言ってめっちゃ気持ちいい。何でか口の中まで敏感になってきて、舌と舌が擦れる度に、歯の裏とか舐められる度に、脳が蕩けそうになる。乳首はもう完全に尖《とが》ってて、指の腹で揉まれたり跳ねられたりすると、ヘンな声まで漏れそうになる。

アー俺はもういけない。モンスターに侵食された。後は頼んだぞー、とエア仲間たちに理性を託した。実のところ、どうせ逃げられないんだったら、気持ちよくなった方がいいんじゃないかというポジティブな思考に移行しつつある。男の矜持《きょうじ》なんてものは昨日の時点で粉々に粉砕されていたし、元々そんなに立派なものなんて持ってない。

俺の頭はこの状況を客観視することも現状をどうにか打破することを考えるのも諦め、快感に従うことにした。どう考えたって、痛いよりは気持ちいい方がいい。それがモンスターに同化させられる結果になっても。

気持ちよさに蕩けていた頭は、悠馬の手がパンツをかいくぐって尻の方へ侵入してきたとき、にわかに我に返る。指が狭間に潜り込んで、そこにぬるっと入ると、俺は堪え切れずに小さく呻いた。

「う……」

「どうした？」

「そこ……やっぱ、嫌だ」

「何、なんか痛い？」

「昨日からずっと、違和感あるし……。それに、汚い……」

悠馬は尻の中で指を蠢《うごめ》かしながら「ふーん」と呟いて、薄く笑う。

「お前が気にするなら、綺麗にできるやつ買っとくけど。まあ、違和感は仕方ないじゃん？　湊、処女だったから」

「し、処女って言うな……！」

「だってそうだろ？　痛がってたし。俺がお前の初めての男」

最初で最後のな、と囁いて、悠馬はうっとりと俺の口を吸う。悠馬は快楽に逃げようとする俺を、いとも簡単に惨めな現実に引きずり下ろす。俺はもう、悠馬としかこういうことができない。悠馬とヤらなきゃいけない。他の誰とも恋愛なんかできない。そんな閉塞感にもほどがある未来を恍惚として吹き込まれても、目の前が真っ暗になるだけだ。それでも、体は悠馬の手練手管に従順に反応する。

「湊、ちょっと勃ってる」

下を全部脱がされて下半身を露《あらわ》にされると、俺の息子は言い訳できない状況になって心細げに震えている。それを優しく握られて、妙な背徳感に背筋がざわついた。

ここは悠馬の部屋だ。俺たちが昔から遊んできた、慣れた空間。昨日の片田舎のラブホテルとは違う。俺が夢だったのかも、なんて思えたのは、あそこが『非日常』の世界だったからだ。だけど、この部屋は問答無用で俺に日常を、これまでの日々を、実感させる。

「ちょっと、いけないことしてる気分になるな」

俺が感じたのと同じことを悠馬も思ったらしく、少しくすぐったそうに微笑んでいる。ちょっといけないことどころか、だいぶいけない。それでも、悠馬が途中でやめてくれる可能性は確実にゼロだ。

「なんか、すげえ嬉しい。ようやく湊を手に入れた。昨日抱いたはずなのに、なんか初めてみたいな気がする」

悠馬は妙にはしゃいでいる。俺のちんこを扱《しご》きながら、顔中にキスをして、尻にグイグイ指を入れてくる。少し荒っぽい手つきに、息が上がる。生々しいセックスの予感を感じて、体が勝手に熱くなる。

「なあ、湊は？　お前、昨日よりは慣れてる？　それとも全然慣れてない？」

「そ、そんなの……わかん、ねえよ」

「嘘。ちゃんと言ってよ。聞きたい」

悠馬は俺を担ぎ上げて、ベッドの上に優しく横たえた。昨日と同じようにローションに何か混ぜて手の平で馴染ませながら、俺の脚を開かせる。

「ここはさ……昨日より柔らかいよ。何回も俺の入れたもんな。指、もう三本入る。湊、どんな感じ？」

ぬるぬるの指で尻の中を探りながら、悠馬は熱っぽく訊いてくる。もう、俺の股間を見れば俺がどう感じてるかなんて明らかなはずなのに、悠馬はどうしても言わせたいらしい。

わかってたけど、こいつって結構Sだ。昨日は俺の反応見ながら痛くないように動いてくれたけど、俺の心を痛めつけて貶める言葉を吐くのは変わらない。ああ、違うか。悠馬には、わからないんだった。俺がこんなことをされてどう思うのか、理解できないんだった。悠馬は、ヘンな奴だから。他人の気持ちが、予測はできても共感はできないから。

「どんな感じ、って……それ、使っちゃったら、もう、痛くないよ……」

「じゃあ、気持ちいい？　拡げられるの、感じる？」

「き、気持ちいい……入り口、ビリビリする。中の、あそこ、すげえ気持ちいいよ」

早くもズブズブになりかけている俺は悠馬に乞《こ》われるままに正直に快感を口にする。

媚薬混じりのローションで尻を拡げられて、イイ場所を押し上げられて、俺は勃起したちんこからタラタラ先走りを垂らしながら気持ちよさに震えてる。改めて、なんでこんな場所に気持ちよくなるスイッチが隠されてるんだ、と神様の理不尽な仕打ちに文句を言いたくなる。こんなところ、普通は指もちんこも入れないし、排泄物しか通過しない。意図的に刺激しなければまったく気づかないような場所なのに、どうしてこんなに甘くて切ない気持ちになってしまうような器官が埋まっているのだ。

悠馬に犯されて、ただ痛くて苦しくて気持ち悪いだけなら、俺だってもう少し理性的でいられたのに。完全な被害者でいられたのに。それなのに、こんな風によがっちゃってアンアン喘がされたら、俺まで喜んで受け入れているみたいじゃないか。共犯者みたいじゃないか。もしも媚薬を使われなくなってもこの気持ちよさだけが残ってしまったら、もう目も当てられない。俺は名実共に悠馬の奴隷で玩具《おもちゃ》で、最も優秀な駒になってしまうのだ。

そのとき、家のどこかで、カタン、と小さな物音が聞こえた気がした。俺はふと気になって、快楽に沈みかけた意識が少しだけ浮上する。

「な、なあ。なんか、今音しなかった？」

「そう？　別に何も聞こえないけど」

「家政婦さん、戻ってきたんじゃねえの」

「そんなわけないだろ。一度出たらまた来るのは次の日だ」

「で、でも……なんか、いるような……」

「猫かなんかだろ。それか、気温の変化で家が軋んでるだけ。そんなに気にするなよ。大丈夫だって、すぐ何もわかんなくなるから」

そう言って、悠馬はギンギンに勃起したアレを突っ込んできた。悠馬の言う通り、俺はその衝撃で物音のことなんかすぐに飛んでしまって、必死で悠馬にしがみついた。

「あ〜……湊の中、気持ちいい……最高」

ずっぷりと奥まで埋めて、悠馬はじっとして俺の中を目を閉じて味わっている。俺はでかい悠馬のもので腹をみっちり満たされて、ああこれは確かにたい焼きみたいだ、なんて思いながら、敏感になった粘膜を掻き分けられる感覚に体中を熱くしていた。

「湊はいい？　平気？」

「い、いい……大丈夫……」

「感じてる？」

「う、うん……気持ち、いい」

悠馬は俺の答えに満足して、「もっとよくしてやる」と腰を動かし始める。俺のみっともない声はますます聞くにたえない音になって、悠馬の動きと共に高くなる。

クーラーの効き過ぎであんなに寒いと思っていたのに、今はもう悠馬に揺すぶられて汗だくになっている。気持ちよくて、興奮して、悠馬の体以外、もう何もわからなくなった。

「う、ああ、あ、はあ、あ」

「いい？　湊、深く突かれんの、好き？」

「う、うう、いいっ、奥、いいぃ」

奥っていっても、口と尻までは繋がっているわけで、行き止まりなんかないはずなのに、腹の仕組みはよくわからないけど、突き当たる場所がある。そこが、悠馬のちんこでずんずん押し上げられると、ぶわっと汗が出て、脳天まで電流が走って、目の前が真っ白になって、気づいたら精液だか先走りだかわかんないのが出て臍《へそ》の窪《くぼ》みに溜まってる。多分、そこは媚薬がなければすげえ痛いんだろうなってことはわかる。それが麻痺《まひ》して、感覚の鋭さだけが残って、ヘンに気持ちよくなってる。そんな気がする。

あの指で撫でられてるところも常に太い幹に擦られて押し潰されて、奥までずっぷり入れられると意識がなくなる寸前まで気持ちよくなって、俺は重力のない宇宙に浮いてるみたいに、快感のてっぺんのラインでぷかぷか漂っている。

「はあ、湊、可愛い、湊の感じてる顔、最高、声も、最高」

悠馬は最高最高と呟きながら、甘くて胸が焼けそうな眼差しで俺を凝視する。

こんな顔で、歴代の彼女たちを見つめてきたんだろうか。それも想像がつかない。悠馬はただの性欲処理と言って憚《はばか》らなかったし（俺の前でだけ）、これだけ愛おしい目つきで見つめるくらいなら、そんな短い期間で別れたりしない。

これまでもずっと一緒にいたはずなのに、悠馬はこんな砂糖と蜂蜜《はちみつ》とメープルシロップをごった煮にしたような甘ったるい目で俺を見たりはしなかった。そう考えると、セックスってやっぱり特別なのかもしれない。俺と体が繋がっていると、悠馬は普段食べている菓子よりもよっぽど甘い顔になってしまう。もしかして、俺もそんな顔になっているんだろうか。

「ああ、いいよ、湊、いい、気持ちいい」

悠馬はヤってる最中、よく喋る。最初のときも思ったけど、こいつはいつもそうなのか。

「湊、今、すげえ締まった。ここ好きなんだな」とか、「声、高くなったな。この角度、イイの？」とか、それはもう懇切丁寧に俺の反応まで実況中継してくれる。俺はいちいち答えられずに、ああ、とかうう、とかひたすらみっともなく喘いでる。

「湊、好き、大好き」

そして、愛の言葉を臆面《おくめん》もなく連発する。

「好きって言って。なあ、俺のこと、好きって」

それどころか、俺にまで強要してくる。

「言えたら、湊のイイところ、たくさん突いてやる」

スーパー完璧マンはセックスまで完璧で、すでに二度目にして俺のイイ場所を把握しているので、そこをわざと外しながらそう囁かれると、頭がグズグズになった俺は、一も二もなく降参する。だって、いっぱい突いてくれたら、俺はもっと気持ちよくなれるのだ。天国にまで飛んでいってしまうのだ。桃源郷《とうげんきょう》が見えてしまうのだ。初めて覚えた快楽の味に、俺は到底抗えなかった。

「す、好き……、悠馬……」

「好き？　俺のこと、好き？　本当に？」

「好き……お前が、好き、だってば……！」

自分で言えと言ったのに何度もしつこく確認してくるので、俺は半ば自棄《やけ》になって叫んだ。このやり取りを何度も繰り返して、悠馬はようやく満足する。俺をものすごい力で抱き締めて、ぶちゅっと口に吸いついたまま、ずこずこと激しく腰を揺する。いちばん気持ちいい奥の位置に立て続けに重い攻撃を食らって、俺は目を白くして痙攣する。

「んっ、んう、ううう……ッ」

悠馬に口の中を食われながら、俺は呻いた。あ、イった。今、すげえ出てる。その感覚はないのに、腹にびしゃびしゃかかる感じでわかる。

もう、最悪だ。いや、最高なのかな。もう、どっちでもいいか。

俺は悠馬のデカブツにイかされまくって、泣いて喘ぎながら、また意識を飛ばした。ああ、これが女の子がイくっていう感覚なのかもしれない。男の射精より何倍も気持ちいいっていう、本当なら俺なんかは一生知ることのなかった絶頂感覚。知りたくなかったなんて言ったって、今更何も知らなかった頃には戻れない。俺は、悠馬に女の子にされた。抱かれるための生き物にされた。

女の子とのHって、どんな感じだったんだろうか。悠馬とこんな風になる前に、経験しておきたかった。もう今じゃ、おっぱいを揉んだりアソコに自分のアレを突っ込んだり、そんなこと想像もできなくなってる。以前は、一般の青少年並みに色々妄想できたはずなのに、もうそんなスイッチも入らない。

俺の中では快感と悠馬がイコールになってしまって、女の子相手じゃ勃たないんじゃないかって気もする。本当にひどいことになった。これって、いつか治るんだろうか？　ただの風邪みたいに、一過性のものなんだろうか？

考えれば考えるだけ虚しくなるようなことを、俺は悠馬の熱くて固い体にのしかかられながらとりとめもなく思い浮かべている。どこも柔らかくない、日に焼けた逞しい筋肉に覆われた、完成された男の体。きっと女の子の裸じゃなくて、こいつのアレを見ただけで興奮する日が来てしまうんだろう。

「今、すげえイった？　堪んない顔してる。俺の湊……お前、ほんとに可愛い……食っちまいたいよ……」

もういっそのこと、食ってくれ。そうしたら、気持ちいいままでいられる。我に返って、自己嫌悪で死にたくなることもなくなる。

悠馬は優しく俺の髪を撫でる。大きな手の平で俺の頬を包み込む。

ああ、そういえば、俺はこいつのこの綺麗な手が好きだったんだっけ、とまるで昔のことのように考える。ずっと俺の手を握っていた悠馬の手。それが、今は俺の体を撫で回して、尻に指を突っ込んで、恋人みたいな仕草で汗に濡れた髪を撫でている。

この部屋は今までと変わらないのに、俺たちは変わってしまった。

そのことがなんだか無性に、切なかった。

懺悔《ざんげ》

翌朝、ヨロヨロの俺は悠馬に手を引かれて、ジリジリと太陽が照りつける中を登校する。抜かずの三発をかまされて骨盤の具合がおかしくて、普通に歩けない。相変わらず、尻は何かが入っている感じがする。

悠馬は「おぶっていくか？」なんて訊ねてくるけれど、冗談じゃない。あと少しで夏休みに入るのがせめてもの救いだった。

「おはよー、杉浦」

「おう、おはよ」

「杉浦、調子悪いのか？」

「うん、珍しく夏バテしたみてえ」

この時期、夏バテという言葉は便利だ。どんなに具合が悪くても、この一言で解決する。

それにしても、悠馬の仲直り宣言から、周囲の態度は目に見えて変わった。いつも通りに俺に話しかけてくる友人たちが奇妙に思える。俺に自覚はなかったけれど、俺たちが幼なじみでいつも一緒にいることは結構有名だったようで、ようやくいつも通りになったのをなぜか周りが安心しているのだ。

まあ考えるまでもなく、そういう意識を悠馬が周囲に植え付けていたんだろう。そして、俺に『暗殺』を仕掛けるときに悠馬はいつも通りの悠馬でなくなり、皆は心配してその原因が俺にあると決めつけたのだろう。

本当に、悠馬の駒は優秀だ。悠馬の思い通りによく動く。本人たちは自分らが駒にされているなどとも思わず、軍隊のように整列して回れ右をするのだ。時々、催眠術でも使っているんじゃないかと思ってしまうほど。

そして、俺は不思議な出来事に出くわした。以前俺を脅した悠馬の元カノの町田陽菜に久しぶりにばったり廊下で遭遇したのだけれど、町田はなぜか幽霊を見たように真っ青な顔をして、逃げるみたいにきびすを返してしまったのだ。

当然、俺は何もしていない。むしろこっちがキャッと悲鳴を上げて逃げ出したかったほどなのに、先にやられてしまったので、ただ棒立ちになってその後ろ姿を見守っていた。考えられることは、悠馬が町田に何かしら言うかするかしたのだろう。

俺はその夜も、例によって悠馬の部屋に呼び出されていたので、町田のことを訊ねてみた。

「お前さ、町田になにか言ったの」

「ん、町田？　ああ……陽菜か」

俺を膝の上に乗せて頬ずりしていた悠馬は、すごく昔のことを思い出すように斜め上を見上げて、「陽菜がどうしたの」と訊き返した。

「今日廊下で会ったら、真っ青な顔で逃げてった」

「あっはは！　そっか」

「そっか、じゃねえよ。一体あいつに何したんだ。こないだ俺を脅した子とは全然別人みたいに見えたぞ」

「んー、いやあ、だって、あいつは自業自得だよ」

悠馬は目を細めて笑う。

「湊に言われた通り、宥めに行ったらさ。あいつ、より戻さないと湊にひどいことしてやるって言うんだ。俺がどんなに懐柔しようとしてもさ、あの駒ぶっ壊れちまって、言うこと聞かねえの。しまいに、手下使ってお前強姦させるとか言い出してさ。びっくりだろ？」

それは確かにびっくりだ。とも返せずに俺は唖然とした。

男相手に強姦なんて発想をするところが怖過ぎる。それとも、俺と悠馬のことに気がついていたんだろうか？　女は勘が鋭いから、それもあり得るかもしれない……そう思ったら、俺はゾクッと寒気がした。周りに絶対バレちゃいけないことなのに、きっと誰かは気づいてしまうのだ。特に、悠馬に恋する女の子たちは、恐ろしいほどの直感力でその気配を察知するのだろう。

「俺もさすがにブチ切れちゃって、ちょっと首絞めちゃった」

「えっ⁉　ま、マジか……」

軽く恐ろしいことを言う悠馬に、俺はギョッとした。悠馬のゴリラ並みの握力であの細首を絞めるだなんて、想像するだけで震えが走る。

「もちろん脅しただけなんだけど、まあ、それで俺のこと怖くなったみたい。ずっと優しくしてたからさ」

「そりゃ……怯えるだろ。俺だって、お前に首なんか絞められたら……」

「湊には絶対そんなことしないよ……それとも、そういうプレイがしたい？」

俺は激しくかぶりを振った。俺の反応がよっぽど面白かったのか、悠馬は子どもみたいに笑った。

実際、悠馬は色々なことを試したがった。特に、夏休みに入ってからはやりたい放題だ。ヘンな体位（それこそ四十八手みたいな）でやりたがったり、リビングや悠馬の部屋やバスルームなど、やたらと場所を変えたがったり、よくもこう考えつくもんだと感心してしまうくらい、毎日様々なやり方で俺の体をなぶり尽くした。

「湊ぉ。可愛い。可愛いよ。好き。大好き。愛してる」

もう耳にタコができまくるくらい悠馬は俺を可愛いと言い、好きだ、愛してると言った。人間不思議なもので、最初は強烈な違和感とゾワゾワするような感覚があったのに、あんまり毎日好き好き言われると慣れてしまう。

もちろん、毎日悠馬の部屋に行くことになっていたから、セックスも慣れた。俺はすでに最初にやられてから三日目くらいで薬を使われなくても強い苦痛を覚えることはなくなって、悠馬はローションにそれを混ぜるのをやめた。

それでも何度もみっともなく脚を開かされるのは苦痛で、少しでも嫌そうな素振りを見せようものなら、「俺の機嫌が悪くなってもいいの？」などと言って脅し付けてくる。素面のときの俺はまだ理性があるし恥じらいという人並みの感情もあるから、ヤられている最中どんなに気持ちいいことを知っていようが、やっぱり少しは抵抗したくなるものなのだ。だけど、悠馬はそれが面白くないらしい。

機嫌が悪くなると、悠馬はそれを補うように長々とハメてきて、翌日は本当にダルかった。

「湊、ごめんな。我慢できなくてごめんな。でも俺ずっと我慢してたんだもん。仕方ないよな」

などと言って、俺を抱くのをやめようとしない。その言葉の通り、積年の思いをぶつけるようにネチネチとしつこいセックスを繰り返す。俺は童貞だし女の子とも経験がないので、どういうやり方が普通なのかとかわからないけれど、多分全身舐めまくったり精液や汗や唾液はおろか、鼻水まで舐めてくるのは絶対普通じゃないし、抜かずの三発なんて毎回平気でやってくる絶倫さも一般的じゃないと思う。

特に、俺が我慢できないのは、行為を始める前のとある行程だ。

「ゆ、悠馬。もう無理。もう無理だから」

「待て、湊。もう少し我慢しろ」

「い、嫌だ……頼む、頼むから、トイレ行かせて」

俺は真っ青な顔で脂汗《あぶらあせ》をかいて頼み込む。こういうやり取りを繰り返して、ようやくトイレに行かせてくれるものの、扉も閉めてもらえずに、俺は悠馬の目の前でする羽目になる。

エネマ、というやつらしい。いわゆる腸内洗浄。浣腸だ。俺が前にそこを使うのは汚いと言ったら、悠馬はわざわざ道具を取り寄せてそれを実行し始めた。あんなこと言わなきゃよかったと後悔しても後の祭りである。

尻の中にグリセリンを入れて、すぐにトイレに行かせてくれればいいのに、悠馬は俺を限界まで我慢させる。下腹がみっともなく膨らんだまま便意を我慢するのは本当に地獄だ。それでも最低限の人間の尊厳は守りたくて死に物狂いで耐えるものの、トイレに駆け込んだ後のその最中も悠馬はしっかり俺を観察していて、もう尊厳とかそういう次元じゃない。「見ないで」ともちろん最初は言ったけれど、悠馬が聞いてくれないのはわかってる。でも、どうぞ見てくださいなんて気持ちにはノーマルな俺はなれないし、こんなものが見たい悠馬は絶対におかしい。変態だ。

「なんで恥ずかしがるんだよ。昔は一緒に立ち小便とかしたじゃん」

なんて、悠馬はまるでレベルの違うことを引き合いに出してくる。

そりゃやったよ。春は花畑に、夏は川辺で、秋は公園で、冬は雪の上に嬉々としてレモン色の絵を描いたよ。だけど、こんなのは違う。やってるのは俺だけだし、音とか臭いとか他人と共有するものじゃないし、聞く方も聞かれる方も不快感しかないはずなのに、こんなことしたがる奴がおかしいんだ。

それでも、我慢しまくった挙げ句の解放感はまさに快感で、俺は悠馬に見られながらも止められない。あまりに気持ちよ過ぎてときにはちょっと勃ってしまうこともあって、悠馬はそれを見て興奮してる。

地獄から天国に極端に振れるこの作業は、俺をますます弱体化させた。人間としてのプライドは根こそぎなくなってしまって、すっかり悠馬の言いなりになった。

何回か尻の中を洗われて何も出なくなると、悠馬は長々と時間をかけて俺を抱く。最初に犯されてから一週間も経てば、尻に何かが入りっ放しになっているような感覚にも慣れて、俺の尻は自分でも立派な性器になってしまったなあと他人事のように思った。

夏休みに入って、悠馬の携帯にも俺の携帯にも友人たちから遊びの誘いが来るものの、悠馬はそれらをすべて断り、俺は断らされている。

「だって、湊と初めて過ごす夏なんだぞ？　他の奴らと出かけてられるかよ」

などと悠馬は言うものの、二人で迎える夏はそれこそ何回もあったはずなのに、今年がまるで初めてのように言うのがおかしい。正直少しでもどこかへ出かけてもらって、これ以上俺の体が男としてだめな方向に進化してしまうのは避けたいところなのだけれど、残念ながら悠馬にその気はないらしかった。

悠馬は連日家に引きこもって俺を手放さない日々が続いた。それが、ふと思い出したように、「なあ、湊。俺、プールか海に行きたい」と言い出した。

水泳部は夏休み中もさほど練習はしないらしく、少し水に入らない日が続くと、悠馬は落ち着かなくなるようだ。こいつは魚類の生まれ変わりなのかもしれない。

このまま家の中にこもっていたら更にもやし具合に磨きがかかりそうだったので、外に出るのは賛成だ。けれど、水のある場所、というのが気が進まなかった。

「俺、泳ぐの嫌だよ」

「じゃあ、見てるだけでいいから。な、一緒に行こう」

悠馬はしつこく俺を誘う。水泳の授業だって我慢してようやく過ごしているようなものなのに、わざわざ自らそんなところへ行くなんて、考えられなかった。

結局、悠馬に押し切られる形で、俺たちは近くの市営プールに向かった。

到着すると早速悠馬は服をロッカーに押し込んで、俺を備え付けのパラソルの下に座らせると、二十五メートルプールに飛び込んだ。

その姿は、まさしく水を得た魚のようだった。周りの水泳客も、悠馬の泳ぎっぷりを見て足を止めている。悠馬は、本当に魚のように自然に、綺麗に泳いだ。小さい頃から水泳が好きで、部活は一貫して水泳部だったし、長期の休みの際にもこうして自らプールに行って泳ぎ込んでたほどだ。

「気持ちよさそうに泳ぐなあ……」

俺はパラソルの影の下で、のびのびと泳ぐ悠馬を眺めながら、パーカーの首元を押さえた。さっき更衣室でちらりと鏡を見て、あからさまなキスマークがついていたことにギョッとして、慌ててパーカーを着込んだのだ。悠馬のせいで引きこもりが悪化していた俺の肌は妙に白くなってしまって、痣《あざ》のようになった吸い痕《あと》がひどく目立った。知らない人が見ればただの虫さされの痕程度にしか見えないだろうけれど、俺の気持ちの問題だ。そんなことも知らずに、悠馬は楽しそうにバタフライなんかして水しぶきを跳ねさせている。

「あれ？　杉浦？」

唐突に声をかけられて、顔を上げると、中学のときの同級生が立っている。すぐには誰だか思い出せなくて、その八重歯でようやく確か野球部にいた奴だと見当をつける。多分、一年のときに同じクラスだった。名前は——正直、覚えてない。けれど、俺はちゃんとわかっている振りをした。

「ああ、久しぶりだなあ」

「おう。元気か？」

「元気元気」

「っていうか、夏なのに、お前しっろいなあー」

そいつは悠馬と同じくらい真っ黒な顔をして笑っている。中学のときよりもだいぶ背が伸びたせいか、随分と印象が変わったように思う。髪なんか明るくしちゃって、ピアスもしちゃって、坊主頭の野球部員とはかけ離れたチャラさになってしまったが、なかなかのイケメンだ。

俺も昔とは様子が変わったのか、そいつはまじまじと俺の全身を見て、ちょっとはにかんで頬を染める。

「杉浦、なんか妙に色っぽくなったな」

「はあ？　おい、それ、俺がキモくなったって言いたいの？」

「違う違う、マジで言ってんだって。あれだろ、きっと彼女でもできたんだろ」

俺の顔は、強張ったと思う。そいつの言う『色気』の意味がわかったからだ。

「湊」

そのとき、よく通る低い声が響いた。

いつの間にか、悠馬が水から上がって側まで来て、俺とそいつをじっと凝視している。

「おっ、高梨も一緒だったのか」

「ああ……、吉田《よしだ》か。久しぶり」

さすがの悠馬は、クラスメイトでもなかったはずなのに、元同級生というだけで名前を覚えている。『吉田』もだいぶガタイがいいと思ったけど、悠馬が隣に立つとそうでもなく見えるから不思議だ。比較の対象が悪過ぎるんだろうけど。吉田も、悠馬の水に濡れたザ・逆三角形を惚れ惚れと眺める。

「お前、相変わらずカッコイイなあ。ってか、ますますアスリート体型になってねえ？」

「そうかな。俺、趣味が水泳しかないから。あ、そういえば、向こうでお前のこと呼んでるっぽい奴いたけど。大丈夫？」

吉田は「え、マジで」と言って、俺たちに名残惜《なごりお》しそうに「じゃ、また後ですぐ来るから。LINEとか教えて」と言いおいて、足早に去っていく。

「吉田も友達と来てたのかな」

「さあ、知らね」

悠馬の気のない口調に、あ、さっきのやつ適当についた嘘だったな、と察する。本当に悠馬は息をするように自然に嘘をつけるのがすごい。かなり詐欺師に向いていると思う。

「それにしても、よくあいつの名前覚えてたな。何かで付き合いあったのか？」

「いや、ねえよ。お前の周りの人間は大体知ってる」

俺が目を丸くしていると、悠馬は「露払いしてたのは女だけじゃねえんだよ」と言って笑った。

そして座ったままの俺の手を引いて、

「なあ、湊、少しは泳ごうぜ」

と、有り難くない誘いをかけてくる。

「え……、いいよ、俺は」

「せっかく来たんだから、ちょっとだけ。な？」

こう言い始めると引き下がらないと知っているので、俺は渋々立ち上がる。悠馬は少し離れたいわゆる流れるプールまで俺を連れていって、自分が先に中へ入った。

「ほら、来いよ」

悠馬に手招きされて、俺は久しぶりのプールに緊張しながら腰を屈《かが》めた。流れるプールの勢いは強い。悠馬の頑丈な筋肉だから平然と立ち止まっていられるけれど、もやしの俺が入ったらすぐにそのまま流れに攫《さら》われてしまいそうだ。

「ほら。どうした」

悠馬はなかなか入ろうとしない俺に焦れて、水の中から引っ張ろうとする。

ふいに、その背中に黒い何かが見えた気がして、俺は突如、震え上がった。

「いやだ!!」

俺は思わず大声を上げて、悠馬の腕を突き退けた。俺の声に驚いて、周りで泳いでいた水泳客がこちらに注目する気配を感じた。でも、もう誰に見られようが構いやしない。そんな捨て鉢な気持ちになっていた。水が怖くて、悠馬が怖くて、こんな風におかしくなる自分が惨めで、涙が止まらなくなった。

悠馬は慌てて水から上がってきて、俺を濡れた腕の中に抱き締める。

「ごめん、もうしないから。な? 泣くな、湊。泣くな」

泣きじゃくる俺を慰める悠馬。広い胸の中に閉じ込められて、何度も顔中を撫でられて、子どもをあやすようにごめん、ごめんと繰り返している。

俺は、まるで女の子にでもなったような気持ちになった。プールでデートする最中に、強引な彼氏の抱擁にいやいやと言って泣いている女の子。

なんでこんなことになってるんだ。俺がどうしてこんな女の子みたいな立場になって、抱き締められているんだ。

俺は可愛い彼女を作って、そしてあわよくばこういう状況になって、彼女を抱き締める方になりたかった。俺を怖がって怯えて泣く彼女にごめんと言って宥める俺。それが、何をどう間違えて俺が女の子の方の立場になってるんだ。

俺たちは、早々に市民プールを出た。せっかく泳ぎに来たのに、こんなにすぐに帰ることになってしまって、無理矢理連れてこられたものの、俺は少しだけ、悠馬に悪いと思った。

「湊がそんなに水が嫌いだなんて、知らなかった」

俺も、突然込み上げた恐怖に、自分自身が驚いていた。以前も泳ぐのは嫌だったけれど、こんな風に本能的な強い感覚を覚えた記憶はない。

「なんか……怖いんだ」

「怖いって、水が？　なんで」

俺は少し言い淀《よど》む。こんなことで彼女の名前を出すのは悪い気がしたのだが、他に理由がないので正直に告げるしかない。

「……皐月ちゃんのことが、あるじゃんか」

「あいつ？　どうしてだよ」

「だって……皐月ちゃんは、川で溺れて……」

そこまで言って、ようやく悠馬は「ああ」と思い出したような顔をした。

「ふーん……そうなんだ」

ふーん、ってなんだ。そんな鼻先であしらって終わらせるような話だろうか。

悠馬は、ずっと皐月ちゃんのことを嫌いだと言い続けているが、それでも姉弟なのだから、口に出さずとも特別な思いはあるのだと思っていた。けれどここのところ、そんな希望的観測は薄らぎつつある。あまりにも悠馬の怪物的側面を見過ぎたせいだろうか。血の繋がりがあろうがなんだろうが、悠馬が誰かに対してまともな好意だとか愛情を持つということが想像できなくなっている。

そして、悠馬は意外なことを言い出した。

「じゃあ、俺が治してやるよ。湊の水嫌い」

「え……、治す？」

「そうそう。病は気からって言うだろ？　大体は思い込みなんだからさ。そういうのをなくしてやるよ」

俺たちはプールから真っ直ぐに高梨家に帰った。家政婦のおばさんの気配はなく、夕飯は冷蔵庫にありますというメモがダイニングのテーブルに置かれている。

悠馬は俺の手を引いて二階へ上がった。そのままいつも通りに悠馬の部屋へ行くのかと思いきや、そこを通り過ぎて奥の部屋へと足を運ぶ。

「ここって……」

「あいつの部屋」

俺はハッとして体を硬くする。悠馬は俺の緊張に気づいているのかいないのか、無造作にドアを開け、皐月ちゃんの部屋をいとも簡単に俺の目の前にさらけ出す。

「親がさあ、あいつが生きてるときのままにしておきたいって言って、何も変えてないんだ。未だに家政婦にも毎日掃除させてさ。馬鹿みたいだよな。使わない部屋、こんな状態にしてるなんてさ。しかも、自分たちはここに帰らなくなってるんだから、世話ないよ」

本当に、まるで皐月ちゃんが生きているみたいだった。背の低い勉強机、可愛いぬいぐるみの並べられたベッド、箪笥《たんす》の上に置かれた赤いランドセル――。

俺が皐月ちゃんの部屋に入れた機会は、数えるほどしかない。皐月ちゃんは弟の悠馬を部屋に入れたがらなくて、いつも俺たち二人きりのときだけに入れてくれた。まだ男女の区別もろくについていないようなガキだった俺は、特にときめきもしなかったけれど、女の子の部屋というものに新鮮な驚きを感じていたのを思い出す。

だから、今こんな風にして勝手にずかずかと入ってしまうのが悪いような気がした。少しでも傷つけてしまえば、もう戻しようのない繊細な場所に、土足で踏み込んでいるような気持ちがしたんだ。

けれど、悠馬はまったくそんなことには頓着《とんちゃく》せず、部屋の中を見回して、何かを探すようにぬいぐるみの位置を変えたり、本を抜き取ったりしている。

そして、「ああ、あったあった」と目当てのものを見つけて、勉強机に歩み寄った。

「ほら、これ。あいつの宝物」

悠馬は机の上のスタンドにかけられていたペンダントを手に取る。ハート形のロケットがついていて、悠馬は無遠慮に少し錆《さ》び付いたそれをこじ開ける。

「これって……」

「湊だよ。可愛いな。これ、八つのときのかな」

そう言って、悠馬は「救出ー」と言いながら、中の写真を器用に剝《は》がす。

そして、空になったロケットを床に放り投げ、あろうことか、そのまま思いきり踏みつけたのだ。あまりに突然のことで、俺は何もできずに悲鳴を上げた。

「なっ……、何するんだよ⁉」

慌てて悠馬を突き飛ばし、足の下のロケットを手に取る。けれどもうそれはヘンな風にひしゃげて、直りそうになかった。

「持ち主がいないのに、こんなものあったって仕方ないだろ？」

「だからって……！」

「どいつもこいつも、あいつの幻影に悩まされ過ぎなんだよ」

悠馬の顔から、表情が消える。

俺はぎくりとして凍りついた。また、あの顔だ。真っ黒な底なし沼の、人形みたいな顔だ。

「姉さんは死んだんだ。わかってる？　もういないんだよ。とっくに消えてるんだ」

俺は、何も答えられない。悠馬の鉄みたいに冷たい声が、俺の反論を許さない。

「死んだらおしまいなんだよ。ゼロだ。幽霊だの魂だの、見えないならないのと同じだろ？　そんなものにすがったり怖がったりするなんて、俺には狂ってるとしか思えないね」

「悠馬……お前って奴は……」

「湊にも、そんな幻影、見えないようにしてやるよ」

悠馬は、ピンクの花柄のベッドの上に、俺を押し倒す。一体何をするのかと目を丸くしていると、悠馬は俺のベルトに手をかけて、カーゴパンツを脱がせ始めた。

「お、おい！　何やってんだよ⁉」

「何って、わかってんだろ」

悠馬は口元だけで笑った。

「ここでヤるんだよ。あいつにも見物してもらおうぜ」

「い、嫌だ！　冗談じゃない！」

俺は本気で暴れた。絶対に嫌だった。皐月ちゃんの魂を冒瀆《ぼうとく》している気がしたし、おじさんやおばさんが大切にしている場所でそんなことをするなんて、言語道断だった。

けれど、悠馬も本気だった。腰から引き抜いたベルトで俺の手を後ろ手に縛り上げて、そのまま俯せにして、太腿の上に体重をかけて乗ってきた。

「やめろ！　やめろってば‼　おい、ふざけんな、マジでっ……」

「ふざけてない。俺は本気だよ、湊」

俺が全力でもがいているっていうのに、悠馬の体はビクともしない。そのまま下着ごとカーゴパンツを引き下ろされて、尻を丸出しにされる。その上に無遠慮にローションをぶちまけられて、悠馬の指が強引に捩《ね》じ込まれる。

今までと違う、少しの甘さもない行為。悠馬は、ただ俺をここで犯すことが目的なんだ。それなのに、すっかり俺の体を知り尽くした悠馬の指は、簡単に俺を快楽地獄に落としてしまう。俺は嫌なのに。こんなところで、皐月ちゃんの部屋で、感じたくないのに。それなのに、悠馬がぬめる長い指であそこをコリコリ揉み込む度に、情けなく尻が震えて、肌がじっとり汗ばんで、馬鹿みたいに声を上げてしまう。

「や、めろおっ……、あ、やだ、いやだ、悠馬ぁ‼」

「我慢するなよ。場所なんかどこだって同じだろ？　ただ、昔ここであいつが寝てたってだけじゃん」

息が止まる。そうだ、ここで皐月ちゃんは眠っていたんだ。俺と結婚してあげてもいいとませた顔で言った皐月ちゃん。可愛いぬいぐるみに囲まれて、毎晩どんな夢を見ていたんだろうか。

そんな場所で、俺は皐月ちゃんの弟の悠馬とセックスをしようとしている。皐月ちゃんが俺の写真を大切に飾っておいてくれたロケットを壊して、その上更にひどいことをしようとしている。

「いやだ、いやだいやだ!! やめろ、悠馬、やめろおっ!!」

「おい、あんまり暴れんなよ。手首、傷になるぞ」

「外せよ、これ、外せ！」

「だーめ。湊、元気だなあ。いつまでそうやって暴れんの？」

悠馬は鼻歌でも歌い出しそうな雰囲気でおかしそうに笑いながら、俺の尻に、おもむろにでかいアレを捩じ入れてきた。

俺は、死にそうな声を上げて叫んだ。涙が出た。洟も出た。

悠馬のものが俺のあの場所をごりりと捲り上げた瞬間、目の前に火花が散った。背筋を電流が貫いて、魚みたいにビクビクと跳ねた。

「あ……、あ、ぁ」

じんわりと、下腹部が温かくなる。俺は、皐月ちゃんのベッドに射精してしまった。女の子らしいピンクの花柄のベッドの上に精液をぶちまけたとき、俺の中で何かが壊れた。

「う、うう……ううう――っ」

「あれ、どうしたの？　あ、もしかしてもう出ちゃった？」

俺が汚い顔で泣きじゃくっていると、悠馬は察してクスクスと笑う。

「あんなに嫌がってたのに、あいつのベッド汚しちゃったんだ？　なんだよ、早過ぎじゃね？　我慢できなかったのかよ」

仕方ねえなあ、と悠馬は楽しげに声を上げる。そのまま奥まで突っ込んで、いつもよりも乱暴に腰を回し始める。まるで、俺にたくさん声を上げさせようとしてるみたいに。

「今日はすごい締めつけだよ、湊。もしかして、お前ここでする方が感じるの？　じゃあこれからは、俺の部屋じゃなくてここでやろうか？　その方が気持ちいいんだろ？」

「うう、ううう、違う、違うう」

「違わないだろ、湊……すっげえ中動いてるよ。俺のちんこ、美味そうに食い締めてる。なあ、またイってんだろ？　女の子みたいにさあ。なあ、湊」

悠馬は俺の尻を両手でぐにぐにに強く揉みしだきながら、激しく腰を打ちつける。ローションが掻き回されて、ぐっちゃぐっちゃとすごい音を立てている。

俺は縛り付けられて思い通りにならない体を身悶えさせながら、悠馬の言う通り、イきっ放しになっている。以前は痛みを覚えていた敏感な腹の奥は、どちゅどちゅと太い亀頭で抉られる度に気を失うほどの快楽が大きく弾けて、そこばかり突き上げられると、自分ではコントロールできない絶頂の海に放り出されてしまう。この状態になると、俺は女の子の愛液みたいにだらだらと際限なく精液をこぼし続ける。射精の自覚もなく、ただ気持ちよくて頭がドロドロに蕩けて、快感以外のことは何も考えられなくなる。

きっともうベッドはびしょ濡れだ。シーツの方まで染みてしまっているかもしれない。機能不全に陥った頭の片隅でそう思いつつも、もう俺は気持ちいいことに溺れてしまって、ただ悠馬に揺すぶられるがままになっている。こういうの、即堕ちっていうんだろうな、なんて咄嗟に考えたら、また泣けてきた。

「気持ちいい？　なあ、湊……いいんだろ？」

「う、ああ、う、い、い、いい、うう」

「顔、涙でビショビショだなあ。色んなとこから垂れ流して、大変だなあ、湊」

悠馬もいつになく興奮して、大きなものが更に漲《みなぎ》って硬く反り返っている。そのせいでますます暴力的な快感に翻弄《ほんろう》されて、俺は豚みたいに喘ぎながら涙腺が壊れたみたいに泣いている。

「湊のここ、女よりずっと気持ちいいよ。湊はもう女以上に女になっちゃったな。俺専用の女の子。この部屋、お前によく似合うよ。もうあいつなんかよりずっと可愛い女の子なんだからな」

狂った台詞を並べ立てながら、悠馬は休まず強靱《きょうじん》な腰を振り立て続ける。

「今度、可愛い下着買ってやろうな。湊に似合うフリフリのやつ。Oバックパンツってわかる？　尻に穴空いてるんだよ。それつけたまま、Hできんの。あー、想像しただけで出ちまいそう。俺、ガーターとか好きだから、それもつけてもらお。湊の可愛いちんちんには、リボンでも結んでやるからな」

もう半分くらい、悠馬の言っていることがわからない。いや、嘘。ほとんど全部わからない。

俺はただ尻だけの物体になって、ちんこハメられてアンアン喘いでる汚い玩具だ。男の価値がないだけじゃなく、人間としても価値がない。こんなゴミを犯して何が楽しいのか、悠馬はハアハア言ってめちゃくちゃ興奮してる。

「うう、ああ、も、いや、いやらあ、あ、ああ」

「ん？　何が嫌なの？　こんなにたくさん出して」

「あぐうっ」

悠馬の大きな手が、俺の前を遠慮のない力で握る。

「やだ、やらあ、も、イきたくない、出したく、ないい」

「出したくないの？　じゃあ、俺の指突っ込んどいてやるよ」

「ひっ……」

指先をはくはくと口を開ける鈴口に突っ込まれて、俺は一瞬意識がなくなる。すぐに尻を犯される感覚に呼び起こされて、再び強過ぎる刺激に気が遠くなりかける。

「やめ、やえて、それ、あ、ゆうま、や、やああ」

「湊はやだやだばっかりだなあ。栓《せん》してあげてるんだから、文句言わないの」

「ひい、ひいいい」

突っ込んだ指を小刻みに揺すられて、俺は涎《よだれ》を垂らして痙攣する。突っ込むと言っても小さな

穴なので、せいぜい指の先端がめり込む程度だろうけれど、それでも敏感な場所には強過ぎる感覚で、俺は初めて何かの衝動に追い詰められる。

「あ、いい、すごい、湊、俺、もう出る、出る」

悠馬が射精に向けて一層動きを激しくする。同時に先端をいじめる指の動きも強くなって、俺は声にならない悲鳴を上げる。

「湊、湊っ……‼」

俺の名前を叫んで、悠馬は腹の中にどぷどぷとたっぷり精液を放つ。次の瞬間、俺は悠馬に責め苛《さいな》まれた前から、プシャッと何かの体液を漏らした。これまで垂らしていた精液の比にならないほどの量で、それは皐月ちゃんのベッドを夥《おびただ》しく濡らした。

最後の一滴まで俺の中に絞り出した悠馬は、一息ついて、俺の変化に気づく。

「あれ……？　これって、オシッコ？　臭いしないから、違うか。潮吹きってやつかなあ。ちんこでもできんのか。すげえよ、湊」

悠馬はぐったりと横たわる俺の体を撫で回して、上機嫌に甘ったるい声で囁いている。

いつの間にか腕を拘束していたベルトは外されて、俺は仰向《あおむ》けになって足を抱え上げられて、再び犯されている。けれどもうその頃には、ここが誰の部屋なのかとか、自分たちがどんなにひどいことをしているのかとか、そんなものはスッポリと頭から抜けてしまっていた。俺はただ壊れたように泣き続けて、喘ぎ続けて、すべての体液を絞り尽くされてカラカラになるまで、悠馬と交わっていた。

＊＊＊

気がつけば、とっぷりと日は暮れて、窓の外は真っ暗だった。

やりたい放題に皐月ちゃんの部屋を汚した悠馬は、立てなくなった俺を抱えてシャワーを浴び、家政婦のおばさんの作っていった夕食をもりもり食べた。俺は隣の椅子に腰掛けて、自分の前にも用意された夕食を、ただ呆然と眺めている。

「お前、食べないの？　湊。生姜焼《しょうがや》き、好きだろ？」

俺は無言で首を横に振る。体を酷使して腹は減っているはずなのに、疲れ過ぎていて、ただひたすら眠かった。

「今日はこのまま泊まれよ。おばさんには連絡入れといたからさ」

言われなくても、こんな状態じゃ帰れやしない。

今日は肉体以上に、精神的にひどく疲れている。本当はこんな家には一秒もいたくないけれど、自分の家に帰るのも気が引けるほどに、俺の中はぐちゃぐちゃになっていた。

皐月ちゃんの部屋で、悠馬とHをした。しかも、いつも以上にひどいことになってしまった。

俺は、したくなかったのに。レイプされたのに。それなのに、AV女優も顔負けの、目も当てられない乱れ方をして、初めて潮吹きみたいなことまでしてしまった。

　これ以上、落ちようがないほど、ドン底だ。しばらくこの自己嫌悪から立ち直れそうにない。

　そのとき、また家のどこかで床を踏むような軋む音がする。ぼやけた耳でそれを聞きながら、俺はやっぱり気になって、誰か侵入しているのかとそこら中を観察してしまう。

「また……なんか、聞こえた」

「何、どんな音？　俺全然聞こえないよ」

「小さい音だけど……誰かいるような気がする」

　悠馬は豚の生姜焼きを頬張りながら、興味がなさそうに鼻を鳴らした。

「こないだからそんなこと言ってるよな。やっぱりお前にも聞こえんの？　湊」

「……お前に、も？」

　他にも、そう言っている人がいるのか。悠馬がずっと聞こえないと言っていたので、俺の耳がおかしいのかとも思い始めていたところだった。

「母さんもそうだったんだ。皐月のいる気配がするって。皐月の歩く音がするって。そんなことずっと言ってて、頭おかしくなっちゃった。あの人、もうずっと病院の檻《おり》の中だよ」

「――え？」

　俺は、口を開けてぽかんとした。

　おばさんが、頭がおかしくなった？　病院？

思いがけない事実に、悠馬を凝視したまま、俺は瞬きすらできなくなる。

悠馬のおじさんとおばさんは、離婚したと言っていた。けれど、それ以前に、おばさんはまともな状態じゃなくなっていたんだ。家政婦さんが、「あっちの世話」と言っていたのは、病院にいるおばさんのことだったんだ。

次々に高梨家から露出する、これまで見えずにいた実態。隣にいるのに、いちばん近くにいるのに、俺がまるで知らずにいた悠馬の環境。

でも、俺はまだ、最も恐ろしい事実がわかっていなかった。

「でも不思議だよなあ。俺には一切聞こえないんだよ。いちばん化けて出るはずなのは俺のところなのにな」

「……なんで……」

「なんで、って。あれ？　湊、気づいてなかった？　俺、とっくにお前はわかってんのかと思ってた」

悠馬は呆れたように苦笑している。

「世の中の未解決事件は全体の五パーセント程度なんだよ。四百近い犯罪者が野放しになってて、でも事件として認識すらされないようなのだってある。そうしたら、完全犯罪って、一体どのくらいの割合になると思う？」

いつかも聞いた、悠馬の演説。

完全犯罪。野放しになった犯罪者。

ああ、そうだったのか。そんなことまで、していたのか。

悠馬はいつでも完全犯罪を犯している。自分が犯人だと悟られずに、相手を葬り去る『暗殺』。

俺を逃げられなくするために、周りのすべてを俺の敵にして俺を追い詰めた、あの謀略。

俺は悠馬を犯人だと知っていて、それなのにまるで気づかない周りの奴らをひどく恨んでいた。

なんでわかってくれないいんだ、って、心の中でいつも叫んでた。

そう、だから、俺は皐月ちゃんの気持ちがよくわかる。

「そう……だったのか……ごめん……皐月ちゃん……」

ごめん、皐月ちゃん。本当にごめん。

そりゃ、天国に行けるわけなんかない。誰かに気づいて欲しくて、ずっとここにいたんだろう？

ごめん。ずっとわかってあげられなくて、ごめん。

俺は、涙も出なかった。冷たい水の中から、真っ青な顔で俺を、そして俺の後ろを睨みつけている皐月ちゃんに、ただひたすら懺悔するしかなかった。近頃よく皐月ちゃんのことを思い出したり、夢を見るようになったりしたのは、俺に警告してくれていたからなのだろうか？　きっと皐月ちゃんはもうずっと前から悠馬のもうひとつの顔を知っていたんだ。俺が最近まで知らなかった、あの真っ黒な目を。

「なに、謝ってんだよ、湊。もういない奴に謝ってどうすんの？」

馬鹿だなあ、と笑う悠馬。

皐月ちゃんでも、モンスターには敵わない。だって、俺は水が怖くなって、おばさんはおかしくなって、おじさんは逃げ出してしまったのに、悠馬だけは、嬉々として水の中を泳いでいるんだから。

誰も、そんな奴には敵わない。モンスターは、殺せない。自分が、モンスターだってことにも気づいていないような奴は、誰にも殺されない。

そんな怪物に気に入られてしまっている俺は、この先無事でいられるのだろうか。いや、もうすでに無事じゃないいんだけど。開発されまくって、久しぶりに会った奴にも指摘されるほど、妙な色気みたいなのが出る特異体質になっちゃったんだけど。

俺は、ずっと悠馬のいちばん近くにいた幼なじみだった。悠馬を怖いなんて思ってなかった。ただ、ヘンな奴だと思っているだけだった。

山崎の一件で悠馬が豹変《ひょうへん》して、俺は初めて悠馬を怖いと思った。逃げ出したくて堪らなかった。だけど、いつの間にか、諦めた。今も、恐ろしい告白を聞いたはずなのに、頭のどこかが麻痺していて、あんまり怖いとは思わない。腹の中をちんこで掻き回されて、ほとんど気持ちよさしか感じなくなったみたいに、強い刺激に慣れ過ぎると、だんだん痛みを感じなくなるらしい。

そう、これは俺という生き物の防御本能。なんでも真っ正面から受け止めず、迂回《うかい》して、おちゃらけて、衝撃を減らしていた俺は、悠馬というモンスターが次々に繰り出す異常な攻撃にも、だんだん慣れてきてしまった。

だって、こんな完璧マンなんて、頭でも力でも敵わないし、逃げられないし、そういうときの労力を考えてみても、最初から諦めちゃった方が遥《はる》かに楽じゃないか。俺はフィヨルドランドペンギンみたいに厳しい環境では生きられないけれど、この異様な場所で生きるためにどうすればいいのかは、多分知ってる。

俺はこれから、悠馬に着て欲しいと言われれば、どんな変なパンツでも、どんな阿呆みたいな衣装でも、葉っぱ一枚でも着るだろう。ここでヤりたいと言われれば、皐月ちゃんの部屋でも、俺の部屋でも、教室でも、路上でもヤるだろう。

何かを怖いと感じるのは、自分と違うものだからだ。一緒のものになってしまえば、恐怖なんて感じなくなる。悠馬がモンスターなら、俺もモンスターになればいい。自分と同じ姿をした怪物なんて、きっと全然怖くない。

俺も、悠馬側の世界に行ってしまえばいいんだ。一度行ってしまえば、もう戻ってはこられないのかもしれないけれど。悠馬の隣の家に同じ年に生まれてしまったのが、そもそもの運の尽きだったのだ。俺は前世でよっぽど悪いことをしたに違いない。怪物の生贄《いけにえ》に選ばれてしまったんだから。仕方ないので、来世に期待することにする。

何かの軋むような物音は、まだ小さく聞こえている。でも、この音もいずれ聞こえなくなるんだろう。悠馬のように。

ふと気づけば、少しだけ食欲が湧いてきた。そういえばここのところ、俺はまともに食事もとっていなかったんだ。

俺は箸を取って、好物の豚の生姜焼きを食べ始める。ちょっとしょっぱ過ぎるくらいの味付けが、疲れた体に丁度いい。

「美味い?」

「うん……美味いよ」

「湊は、なんでも美味いって言うなあ。なんでも好物だし。好き嫌いないよな。それって結構すごいよな」

「甘いものだけは、あんまり食べられないけど」

「そのうち好きになるって」

「うん……そうだな」

俺は生姜焼きを食べ、キャベツの千切りを食べ、味噌汁《みそしる》を飲み、ご飯を掻き込む。時間をかけて咀嚼《そしゃく》して、胃の中に落ちたものをゆっくりと消化する。

ああ、それにしても、せめて将来、公務員にはなれるのかなあ、なんて、あさってなことを考えながら。

たのしい夏休み

先生たちは皆口を揃えて言うんだ。

自分がされて嫌なことは相手にもしちゃいけません。相手の気持ちを考えましょう、って。でも、その理由は教えてくれない。どうしてそんなことをしなくちゃいけないんだろう？　なんで、相手の気持ちなんかを考えなくちゃいけないんだろう？

俺は一生懸命考えたけれど、結局、復讐《ふくしゅう》されたくないからなんだな、ってことしかわからなかった。

もしも俺が誰かに殴られたら、相手を殴り返したいと思うだろう。だから、自分も殴られたくないのなら、相手のことも殴ってはいけません、ってことだ。それなら、相手を殴りたいと思ったら、自分が殴られずに相手を殴る方法を考えましょう、ってことなんだ。

なあんだ。先生も、最初からそう言えばいいのに。もしかして、馬鹿だから説明の仕方がわからなかったのかな。それなら仕方ない。先生なんて皆馬鹿なんだから、ニコニコして、大人しく話を聞いている振りをすれば、言うことを聞いてくれる。

先生だけじゃなくて、皆そうだ。皆馬鹿だから、俺が何か『いいこと』をすると、そこしか見ない。俺がどうしてその『いいこと』をしているのか、考えようともしない。

それがわかっているのは、姉さんだけだった。姉さんと便宜上呼んでいるけれど、俺たちはお互いを憎しみ合っているので全然家族だなんて思ってない。あいつはしょっちゅう「あんたキモイ顔してる。そういう顔で見ないで」と言ってくる。キモイ顔をしているのは自分の方なのに、あいつは醜い赤い口でよく喋るんだ。うるさくて仕方がない。

父さんも母さんも別にいらない。あいつを気に入っているから。邪魔だからいつか皆いなくしてやろうと決めているけれど、それをいつにするかはまだ決めていない。

同じ家に住むのなら、湊《みなと》がよかった。湊は可愛い。うるさくないし、俺が何をしても悠馬《ゆうま》はヘン、と言って笑ってくれるから好きだ。ずっと一緒にいるから、湊はもう俺の家族だった。側にいないと不安になるし、側にいるとホッとする。俺にとって、俺以外の他人は二種類しかいない。湊か、それ以外か、だった。どうしてと訊かれても、気づいたらそう決まっていたので理由がない。俺は湊が大好きで、湊も俺が大好きだから、それでいいんだ。

だから、あいつも湊のことを好きなのがすごく嫌だった。それは向こうも同じようで、俺の嫌がることばかりを言ってくる。

「あたし、将来は湊君と結婚するの」

「嘘だ。お前みたいなブス、湊と結婚なんかできないよ」

「ブスでもなんでも、あたしは女だもん。だから湊君と結婚できる。だけど、あんたはだめよ。絶対結婚できないの。赤ちゃんだって産めないし、男だから女と結婚しなきゃいけないのよ」

俺は、嘘だ、嘘だと喚《わめ》いた。自分が女ってだけで偉そうに笑っているあいつが許せなくて、どうして湊は女の子じゃないんだろう、どうして俺は女の子じゃないんだろうと悔しくなった。

もしも将来、あいつと湊が本当に結婚することになってしまったら、俺は絶対に我慢できない。俺と湊が結婚できなくても別にいい。俺は誰とも結婚しないし、湊も誰とも結婚しなければ、一緒にいられるんだから。

「悠馬」と湊が俺の名前を呼ぶ度に、プリンみたいに甘くて柔らかい気持ちになる。俺の名前だけずっと呼んでくれればいいのに、湊は他の奴の名前も呼ぶんだ。俺はそれが大嫌いで、湊と一緒に遊ぶときは他の誰も交ぜてやらなかった。なのに、あいつは勝手についてくる。女のくせに、ボスみたいに俺たちに命令する。

俺たちが二人きりになれるのは、たまにしかなかった。だけど、外でトイレに行くときだけは、あいつから離れられるので、俺は別にオシッコがしたくなくても、よく湊をトイレに誘った。

「なあ、湊。俺と姉さん、どっちが好き？」

俺がこっそり訊ねると、湊はうさぎみたいに長い睫毛をぱちぱちさせて、首を傾げる。

「どっちも好きだよ」

「それじゃだめ！　俺の方が好きだろ、な？」

湊の体をぐいぐい抱き締めると、湊は苦しがって、「じゃあそれでいいよ」と言ってくれる。ほら、やっぱり湊は俺のことが好きなんだ。あいつと結婚なんか絶対しない。どうせ、あいつのことだから、無理矢理結婚するって湊に言わせたに違いないんだ。

最近湊と道ばたで見つけた雑誌では、男と女がHなことをしていた。湊は男だけど、俺は湊とそういうことがしてみたい。結婚しないと、Hなことはしちゃいけないってクラスの誰かが言ってたけど、そんなことない。デタラメだ。

もしもあいつと湊が結婚してHをするって思うと、腹の中が焼けただれそうに熱くなった。そんなの、絶対に許せない。あいつじゃなくたって、湊は他の誰ともHしちゃだめなんだ。だって、俺が湊のことを好きだから。湊は俺のものだから。人のものを盗んだら、それはドロボーだ。ドロボーは刑務所に閉じ込められる。法律で決まってるんだから、絶対だ。

湊がうちに泊まりに来たとき、俺たち三人はリビングに布団を敷いて並んで眠った。トイレに起きたとき湊はぐっすり眠っていて、そのチューリップみたいに開いた口が可愛くて、俺は指先でふにふにと押した後、自分の唇をくっつけた。

胸がドキドキして、ほっぺたや耳がジンジンして熱くなった。湊の息がスウスウ口に入ってくるのが、気持ちよかった。もっとたくさんキスしたかったけど、暗闇の中であいつの目が猫みたいに光っていて、俺は気分が悪くなった。

「何してんのよ」

「うるさい。寝てろ」

「湊君が可哀想」

「静かにしろよ」

俺たちは小声で罵り合って、睨み合った。湊が寝返りを打って起きそうになったので、ケンカはしなかった。

その夜から、あいつはますます俺に汚い口をきくようになった。「湊君は私が守る」とか意味のわからないことを言って、いつも俺の邪魔をした。

ある日、あいつはその頃流行《はや》っていたわざとらしいハートのロケットに母さんから貰った湊の写真を入れて、大切そうに部屋に飾っていた。俺も湊の写真が欲しいと母さんに言ったら、「どうして？」と怪訝な顔で言われた。やっぱり、男同士は不便なんだ。ネットや本で調べて十分にそのことは知っていたけれど、俺は不満で仕方がなかった。これはよほど上手くやらなくちゃいけない。すべて湊と一緒にいるために、俺はいくつものことを考え始めた。


夏休みが始まって、湊はおじさんとおばさんと一緒に田舎へ出かけていってしまった。父さんと母さんは珍しく休みを揃えて、俺とあいつを連れて車で避暑地に向かった。

湊のいない夏休みなんて、全然つまらない。だけど、俺は親に新しいゲームを買ってもらうために、ご当地グルメを食べて子供らしく喜んでみせたり、無邪気な発言をして周りを和ませてやったりした。あいつは二人のときに「ぶりっこ」と言って俺を肘《ひじ》で小突いてくる。うるさいなあ

と思っていると、「また気持ち悪い顔してる」と汚い声で叫ぶ。

俺たちは川辺で魚釣りをしたり、バーベキューをしたりした。その後、父さんと母さんが買い物に行っている間に、俺とあいつは川で遊んでいた。

「わあ、綺麗な石！」

あいつは川の底にあるキラキラ光る石を見つけて、歓声を上げた。

「ねえ、見てよ。宝石みたいじゃない？」

「それ、ちょうだい」

「嫌よ。湊君にあげるんだから」

まったく同じことを考えていて、腹が立つ。

「ちょうだいったら」

「嫌よ、馬鹿！　馬鹿悠馬！」

俺が摑みかかると、あいつは口からバーベキューのタマネギの臭いをさせて甲高い声で叫ぶ。俺はまだ身長でも力でも、真正面からじゃあいつには敵わない。悔しくて泣きそうになった。その石は俺が湊にあげるんだ。俺の方が湊のことが好きなんだから。

あいつは石を手放さないまま、俺の方をいやらしい目で眺めて、豚みたいな汚い顔で笑う。

「これ、あたしたちの結婚指輪にしようかな」

楽しげに呟いて、鼻歌を歌いながら、まだ石がないかと屈み込む。

今ならいけるかな。俺は周りを素早く見て、誰もいないことを確認した。

湊が田舎から帰ってきたら、一緒にスイカを食べよう。プールに行こう。対戦ゲームをして遊ぼう。たくさん楽しいことをするんだ。二人きりで。

考えていたら、無性に湊に会いたくなった。あいつは今頃、誰と何をしているんだろう。早く会いたい。会ってたくさん喋って、たくさん遊びたい。そして湊がぐっすり眠ってしまったら、またこっそりキスをしよう。

まだまだ続く長い夏休みの日々にワクワクしながら、俺は目の前の黒髪を力任せに摑んだ。

飛び散る水しぶきが太陽を反射して、キラキラ光って綺麗だった。

その後のこと

「ねー、四十八手ってさ、夏休み中に、絶対彼女できたよね」

「ああ、わかるう。首筋にキスマークなんかつけちゃってさ。すげえダルそうだし、ヤりまくったって顔してる！」

夏休みが明けて数日経《た》った頃。クラスの女子の間では、杉浦湊《すぎうらみなと》の変化がちょっとした話題になっていた。

一ヶ月と少し会わなかっただけで、杉浦はまるで別人みたいになってたから。なんていうか、ダルそうなんだけど、そのせいか妙に落ち着いて見えて、肌とか髪とかがやけに綺麗になって、その物憂げな雰囲気のせいかヘンに色気があって。

夏休み中は友達の誘いとか全部断ってたらしく、これは絶対彼女とヤりまくりの日々だったんだ、って男子にもからかわれてる。

杉浦は曖昧に笑っているだけで、肯定も否定もしない。そういうのがますます大人に見えて、以前の杉浦とは本当に違っていて、あたしは少なからず寂しかった。あんた、あたしに告白されてすっげえ舞い上がってたじゃん。ちょっと目が合うだけで真っ赤になったりして、過剰にはしゃいだりして、ガキそのものだったじゃん。なのに、なんでそんな落ち着いちゃってんの。大人みたいに振る舞うの。

「四十八手ってさあ、結構綺麗な顔してたんだね。あたし今まで気づかなかったー」

「うんうん、わかる。全然射程外だったし気にしてなかったんだけど、今の四十八手めっちゃ雰囲気あるし、いいよね」

連呼される妙なあだ名に苛々して、あたしは小さく舌打ちする。

「その呼び方、いい加減やめなよ」

「なんでよ。美花《みか》が言い始めたんじゃん」

違う。言い始めたのはあたしじゃない。

だけど、反論はしなかった。あのときは怒りと悔しさで頭が煮えていて、杉浦を傷つけたい気持ちでいっぱいで、皆を焚《た》き付《つ》けてしまったのは間違いなくあたしなんだから。

「美花、機嫌悪くね？」

「ああ。だってさ、四十八手と付き合ってたじゃん。彼女ができたの、面白くないんじゃね？」

「だよねー。美花から告白したんだし。前はすっげえ杉浦可愛い杉浦可愛いって言ってたもんね」

「おめーら、うるせえよ」

あたしは真っ赤になってたと思う。

そう、あたしは杉浦湊のことが好きだった。思い切って告白して、オッケー貰って付き合ってた——ほんのちょっとだけ。それが、持ち物検査で杉浦がやらしいもの持ってたのがわかって、あたしはすごく頭にきて、発作的に振っちゃったんだけど、後から考えてみるとちょっとヘンなんだ。まず、そんなもの持ってたら検査やるって言われたとき、もっと慌てると思う。それなのに、杉浦は平然としてたし、先生がゴムとHな本を杉浦の鞄から取り出したとき、あいつはマジでびっくりしてた。どうしてそんなものがそこに入ってるんだ、って顔して。もちろん、杉浦はそんな演技なんかできる奴じゃない。

夏休みで皆そこそこ日に焼けてるのに、一人だけ雪みたいに真っ白な肌をして気怠《けだる》げに席に座っている杉浦を横目で見て、あたしは秘《ひそ》かにため息をつく。

本当に、彼女ができたんだろうか。だったら、あのモンスターにいじめられてたわけじゃないんだろうし、安心できるのに。

あたしは二年で一緒のクラスになる前から、杉浦のことが気になってた。というのも、杉浦がいつも一緒にいる高梨悠馬《たかなしゆうま》っていう奴が超有名人だったからだ。

容姿も完璧、成績も優秀、スポーツ万能でしかも誰に対しても分け隔てなく優しいという、まるで嘘みたいな人間で、入学したときからかなり注目されていた、皆の人気者だった。高梨はそれこそ誰とでも仲が良かったけれど、特によく一緒にいるのが杉浦で、登校するときなんかは毎朝手を繋いで歩いているほどだったんだ。

初めこそ皆それに違和感を持っていたみたいだけど、その幼なじみの杉浦湊はかなりぼけっとした奴で、高梨がいなきゃ何もできないような奴ってわかって、何も思わなくなった。高梨は優しいから、小さい頃からそうやってだめな幼なじみの手を引いてきたんだから、それでいいんだ、って。

あたしは路線が同じだったから、時々満員電車の中で一緒にいる二人を見ていた。高梨はまるでお姫様を守るみたいに杉浦の盾になって、大きな体で朝の混雑からあいつを守っていた。でも、杉浦の方は守られているなんてまるで気づいてないみたいな顔をして、眠たげに欠伸なんかしたり、携帯をいじったりしている。歩いている最中も、目の前に木の枝が伸びていれば払ってやり、足下につまずきそうな石があればさり気なく進路変更させ、至れり尽くせりとはまさにこのこと、という扱いだった。

あたしは、そういう奴は嫌いなはずだった。男のくせに、男に守られているような弱っちい奴なんて、最悪だ。

暑苦しい男兄弟に囲まれて育ったせいで、男らしさとか女らしさとか、そういう定義には敏感だったし、がさつで乱雑過ぎる家庭環境のせいで女として扱われたことなんかほとんどなくて、そういう風に見られるのも苦手で、自分自身が男みたいな格好をするようになっていた。

あたしの嫌いなタイプは、いちばんは男のくせに髪を伸ばしていて、ピアスだのネックレスだのつけて、香水なんかもつけちゃってるチャラチャラした奴。それと、高梨みたいに彼女を取っ替え引っ替えしてる奴も大っ嫌いだった。

大体、高梨って完璧過ぎて胡散臭《うさんくさ》い。人間だから何かしら完璧じゃないところがあるはずなのに、高梨にはそれがない。だから、絶対に何か隠してるんだと思ってた。周りが誰も高梨を怪しいって思わないのが不思議なくらい。あたしはあいつが気味悪くて、そしてそんな奴に年がら年中守られている杉浦のことが気になっていた。

あたしは、認めたくないけれど、正直に言えば、最初本当は高梨が少し好きだったんだと思う。でも、あたしは自分の顔が可愛くないのも知っていたし、スタイルも悪いし、女として秀でたところなんか何もないのもわかっていたから、最初から手が届かないと知っていて、ひねくれてあら探しでもしようとしていたのかもしれない。皆が高梨のことが好きだから、一人だけ嫌いっていう態度を示せば、きっと高梨の印象に残るんじゃないか、って。それこそ、好きだから、気になるからいじめたい、ガキの心理だったんだ。そして、高梨に大事にされている杉浦のことが、羨《うらや》ましかったんだろう。

だけど、杉浦と一緒のクラスになって、あいつの性格とか色々知っていくうちに、「あれ？こいつって別に、高梨に全部やってもらわなくても平気なんじゃないの？」って思い始めてきた。だって杉浦は本当に普通の同い年の男子で、そんなに抜けているわけじゃないし、ぼけっとしてるわけでもない。人並みに気は遣えるし、まあ少し天然なところはあるけれど、至って一般的な範疇《はんちゅう》だ。

そうしたら、高梨のことが本当になんだか気持ち悪くなってきて、あたしはあいつを注意深く観察するようになった。高梨は、本当に誰にでも優しい。皆に平等だ。クラスメイトにも、先生にも、そして彼女にも。だけど、杉浦に対してだけ、違う。杉浦と話しているときだけは、自然な表情なのに、その他に対しては、まるで優しい顔の仮面をかぶっているみたいに見えた。

こいつ、全部演技なんだ。そう直感したとき、寒気が走った。

だって、どうして演技なんかするの？　どうしてそんな必要があるの？

あたしは昔から妙に勘がよくて、そのせいもあって理由も何もないのにそうと直感しただけで物事を判断してしまう悪い癖がある。だけど高梨に関しては絶対にこれだと感じるものがあって、あたしはあいつを怖いと思うようになった。そして、そんな怖い奴のいちばん近くにのほほんとして暮らしている杉浦が、なんだかすごい奴に思えた。

杉浦は、愛されまくって育ったんだろうなあってよくわかる、純真な性格をしていた。あんまり人を疑わないし、あたしみたいにひねてない。ゆるーく生きている感じで、杉浦の側にいると、あたしはホッとしている自分に気がついた。

あたしが嫌いな男のやらしさみたいなものもまったく感じないし、かといって女みたいにナヨナヨしたところがあるわけでもない。事なかれ主義って言い方もできるのかもしれないけれど、杉浦は暗かったりギスギスしたりする雰囲気が苦手みたいで、なんでもポジティブに変えてしまうような空気を持っていた。

あと、これは恥ずかしくてあんまり言えないけど、杉浦は、すごくあたし好みの顔をしていた。地味なように見えるけれど、目鼻立ちが端正で、綺麗に小さな顔の中に収まっている。鼻筋が細くて、口が小さくて、睫毛がびっくりするほど長くて、それでも派手じゃない、上品な顔立ちなんだ。少しの男臭さも感じさせない、可愛い顔。あたしの理想の顔だった。

高梨を観察したり、杉浦を観察したりしていたら、気づけば、あたしは杉浦のことが好きになっていた。

「ねえ、杉浦」

放課後、誰もいなくなった教室に一人でいた杉浦に、あたしは声をかけてみた。

あたしの顔を見て、長い睫毛に囲まれた大きな目をぱちくりさせてびっくりしている杉浦。ああ、あんたってやっぱり可愛い。どうしてそんなに可愛いの。好き。本当は今でも大好きなんだよ。あたしはそう言いたい気持ちをぐっと堪えて、努めて平静に話しかけた。

「あんたのこと、皆変わったたって噂してるよ。夏休み中になんかあった？」

「ううん、何もないよ。へえ、噂なんかされてるんだ」

夏休みに入る前に、杉浦の周りでは色々なことがあった。そのひとつがあたしとの件で、ゴタゴタがなくなった後も杉浦が妙に疲れた顔をしていたのが、あたしはすごく気になっていたんだ。

「高梨と、上手くいってるの？」

少しだけ、杉浦の表情が翳《かげ》る。けれどそれはほんの一瞬で、すぐに穏やかな顔に変わる。

「ああ。家が隣同士だしな。付き合いも長いし、上手くいくっていうのもヘンだけど」

「そっか……」

あたしは、それだけしか言えなかった。本当は訊きたかったのに。「どうしてあんたまで高梨みたいに、優しい顔の仮面をつけてるの?」って。

切ない気持ちを抱えて教室を飛び出した。そのまま足早に廊下を歩いていたら、前から来た誰かに急にぶつかった。

痛みに鼻を押さえて文句を言おうと視線を上げて、凍りつく。

そこには、高梨がいた。あたしをじっと見下ろして、ニコリともしない顔で、静かに立っている。いつもつけている、あの仮面がなかった。

「どうしたの。そんな怯えた顔して」

声だけが穏やかで優しい。それなのに、仮面の消えた顔には、なんの表情も浮かんでいない。

「いつかは、俺の湊のお世話、ご苦労様。もう必要ないから、近づくなよ」

太い腕が伸びてきて、あたしは悲鳴を上げそうになった。なぜか、殺されるような気がしたからだ。だけど、高梨の手は一瞬、重くあたしの肩に置かれただけだった。

あたしは、棒立ちになっていた。高梨があたしを通り過ぎて、まだ杉浦のいるはずの教室に入る気配がしても、動けなかった。

背後で、小さな呻き声が聞こえた気がして、あたしは金縛りから解けた。冷えた指先を握りしめ、足音を忍ばせて、教室へ引き返す。中を覗けば、白いカーテンの向こうに、二人がいた。

風でカーテンがはためいた瞬間、杉浦の首筋のキスマークのところに、まるで吸血鬼みたいに吸いついている高梨が見えた。杉浦は、諦めたような、うっとりとしたような顔をして、されるがままになっている。

吸血鬼に血を吸われたら、吸血鬼になっちゃうんだっけ。そんなことを考えながら、あたしはその光景に見入っていた。

映画でもゲームでも、一度モンスターになった人間が元に戻った場面なんか見たことない。一度死んでしまったら生き返らないみたいに、もうこっち側からは手の届かない世界に行ってしまう。

杉浦は、夏休みの間に、あっち側に行ってしまったんだ。あいつに、連れていかれたんだ。

異常な状況のはずなのに、まるで、絵画みたいに綺麗な光景。西日に照らされた杉浦の横顔があまりに綺麗で、寂しくて、あたしは泣いた。

こんにちは。丸《まる》木《き》文《ぶん》華《げ》です。

CROSS NOVELSさんでは初めての作品になります。ちょっと勘違いをしていて現代縛りでプロットを考えてこの話になったのですが、少し時代ものが続いていたのでちょうどよく、楽しい気持ちで書くことができました。

サイコパスもの……という感じでプロットをお出しして、担当さんも怖い感じになると思われていたようなのですが、確かに私もそうしようと思っていたはずなのに、主人公の湊《みなと》がだいぶ深刻なことも茶化してしまうようなキャラクターだったために、ちょっとヘンな雰囲気になりました。怖い話のはずなのですが……。

男子高校生の一人称だったため、そういったシーンもかなり直接的な表現が多くなっています。本編での一人称は久しぶりに書いたような気がするので、少し新鮮な心持ちで書いておりました。

これまでも攻めがサイコパスっぽい話はたくさん書いてきましたが、今回ほど全面に出したのは初めてかもしれません。特典を含めた著者校正を終えた後、「やな話だなあ……」と自然と口から漏れておりました……自

あとがき

分が書いたのに……。きっと挿絵の素晴らしさでこの不快な感じが和らいでいるはずですので、実際本になったものをいただくのが楽しみであります。

最後に、この本をお手に取ってくださった皆様、しっとりとした艶のある素晴らしい挿絵を描いてくださった乃一《のいち》ミクロ先生、気持ちのよい丁寧なお仕事をしてくださった編集のTさま、本当にありがとうございます。

またどこかでお会いできることを願っております。

2015年10月10日発売(予定)

松幸かほ・著/みずかねりょう・画

CROSS NOVELSをお買い上げいただき
ありがとうございます。
この本を読んだご意見・ご感想をお寄せください。
〒110-8625
東京都台東区東上野2-8-7　笠倉出版社
CROSS NOVELS 編集部
「丸木文華先生」係／「乃一ミクロ先生」係

CROSS NOVELS

モンスターフレンド

著者
丸木文華

2015年9月23日　初版発行　検印廃止

発行者　笠倉伸夫
発行所　株式会社 笠倉出版社
〒110-8625　東京都台東区東上野2-8-7　笠倉ビル
[営業]TEL　0120-984-164
FAX　03-4355-1109
[編集]TEL　03-4355-1103
FAX　03-5846-3493
http://www.kasakura.co.jp/
振替口座　00130-9-75686
印刷　株式会社 光邦
装丁　斉藤麻実子〈Asanomi Graphic〉
ISBN 978-4-7730-8797-0
Printed in Japan

CROSS NOVELS